CAUSERIES DE JULIUS

CAUSERIES DE JULIUS

PAR

PAUL GAUDIN.

LA ROCHELLE

TYP. DE A. SIRET, PLACE DE L'HOTEL-DE-VILLE, 3.

1865

CAUSERIES DE JULIUS.

I

1er Novembre 1864.

La *Revue de l'Aunis* demande une causerie ; je m'exécute en suppliant tout d'abord monsieur ou madame qui s'apprête à parcourir ma prose d'excuser les fautes de l'auteur et de les rapporter à ce qu'on appelle communément l'*émotion inséparable d'un premier début.* Il est bon aussi de faire observer qu'à la Rochelle causer n'est point facile besogne : le plus souvent il n'y a rien à dire, à quoi un lecteur acariâtre répliquera que c'est le cas de se taire, et ce n'est certes pas moi qui répondrai non. Combien nos aïeux, sur ce point, furent mieux partagés que nous ! Quand la ville avait l'importance qu'on connaît, lorsqu'elle était un centre, une capitale, un État dans l'État, nos pères savaient de quoi parler. Un temps, c'était Jeanne d'Albret qui venait avec son fils tenir sa cour dans nos murs, et quels causeurs suivaient alors ! Tous gascons ! En d'autres temps, le commerce florissait, une forêt de mâts s'agitait derrière la Chaîne, un peuple de négociants donnait des fêtes entre deux voyages, et la ville riche et bruyante avait des salons fréquentés où l'on s'entretenait d'autre chose sans doute que de balivernes. Dupaty, Chassiron, Bourgeois, Despéroux, Delacoste, avaient mieux à dire.

Aujourd'hui Paris absorbe tout. Là seulement se font les nouvelles, et quiconque a le malheur d'en être à cent vingt lieues ne peut plus avoir la prétention de rien apprendre à personne. Dirai-je que la

Société Philharmonique vient de reprendre ses séances, que M. Gaultier de Claubry commencera vers la fin de novembre son cours de littérature à la Bourse? Chacun répondra : je le sais. Parlerai-je des débuts de Mme Gennetier à l'Opéra-Comique? Qu'en pourrai-je dire, sinon répéter les éloges dout les critiques parisiens ont honoré la charmante cantatrice? De ce qui se passe dans la Grand-Ville tout est conté et je viens trop tard. *Roland à Roncevaux* et la gloire de M. Mermet, la chùte de M. Sardou du Gymnase au Palais-Royal, thèses déjà vieilles, pur rabâchage ; tout est rebattu, l'avenir même commence à l'être. Il n'est pas un lecteur qui ne connaisse aussi bien que M. Fétis l'*Africaine* et les amours du grand Vasco, et je ne suis pas bien sûr qu'Émile Augier sache mieux que nous le titre de la nouvelle comédie qu'il fait répéter aux Français. Rien à glaner de ce côté ; j'ai pour seule ressource, les théâtres de Paris m'étant fermés, de m'arrêter, hélas! au nôtre.

Depuis la réouverture de la salle de la rue Chef-de-Ville, c'est à peine si la troupe dramatique a représenté deux pièces qu'on puisse citer dans une revue qui se respecte. *La Fiammina* est venue la première, *le marquis de Villemer* a suivi. On reprend en ce moment, à l'Odéon, la belle comédie de Georges Sand. Elle a, comme toutes les œuvres de l'éminent écrivain, ses enthousiastes et ses détracteurs ; moi, qui ai la chance de n'être ni des uns ni des autres, *distinguo :* je reconnais tout bas la faiblesse de la trame, mais je proclame bien haut la splendeur de l'étoffe. Le caractère du marquis est certainement l'un des plus vrais, des mieux étudiés qui soient au répertoire moderne.

De la comédie aux comédiens la transition semble naturelle ; j'en use à regret cependant,

> N'ayant qu'une estime assez mince
> Pour l'art dramatique en province.

Peste soit des deux rimes ! Balzac dit quelque part, le terrible homme, que « l'alliance des vers et de la prose est vraiment monstrueuse dans la littérature française. » Voilà qui est réglé, entendez-vous bien : monstrueux le Voyage de Chapelle et Bachaumont, monstrueuses les lettres de Lafontaine à sa femme, monstrueuse *Psyché*, monstrueux tout un coin charmant de notre histoire littéraire ! Oh ! monstrueux Balzac ! — Mais revenons à nos moutons.

Chaque année, lorsqu'un nouveau directeur nous présente une troupe nouvelle, il est d'usage que tout le monde dise : « la troupe de l'an passé valait mieux. » Grave erreur. Voici le phénomène qu'il est loisible à tous d'observer. Chaque hiver, le public voit sous ses yeux défiler un certain nombre d'acteurs, — dirai-je artistes ? — avec lesquels, le printemps venu, il a si bien fait connaissance, auxquels il s'est si bien accoutumé, qu'il en est à ne plus s'apercevoir s'ils sont gris ou blonds, rouges ou noirs, louches ou bègues ; l'habitude l'a rendu aveugle et sourd à leurs défauts. Ce n'est plus eux qu'il voit ni qu'il entend : ce sont les personnages qu'ils évoquent devant lui. Contrairement au vers de Rousseau, *l'homme tombe, le masque reste.* Ajoutez que le souvenir embellit toute chose, et vous comprendrez comme il se fait que, l'hiver suivant, en présence de figures étrangères, avant que le charme ait opéré, on puisse trouver que l'art dramatique en province va déclinant.

Non ! ce n'est pas déclin, c'est immobilité. De tout temps, la faiblesse des comédiens de petite ville a été proverbiale, les noms les plus ridicules leur ont été donnés. Quoi de moins étonnant ? Gringoire est *artiste capillaire*, Gringoire est jeune, aime le théâtre et s'ennuie de vivre avec des perruques. Croyez-vous qu'il soit difficile à Gringoire d'être admis figurant à l'Ambigu ou à la Gaité ? Un an de rôles muets et quelques tirades de Dennery en tête suffiront au pauvre diable pour devenir deuxième amoureux ou mieux encore sur quelque petite scène, à Brives la Gaillarde, bien loin, bien loin de Paris.

C'est ainsi que se recrutent la plupart des troupes de départements. C'est aux moins habiles, aux plus ignorants qu'on abandonne l'interprétation des œuvres théâtrales dans la patrie de Racine, de Corneille, de Molière ! Ne serait-il pas temps d'apporter à ces maux un remède ? On ne peut-être, sans apprentissage, ni courtier, ni notaire, ni lampiste, ni forgeron ; et vous viendrez, vous, sans étude, sachant à peine lire, vous faire les exécutants de cette musique de la pensée que les plus virtuoses n'interprêtent qu'après mille efforts ! La France possède, Dieu merci ! de nombreux ateliers de peinture, des écoles de dessin et de chant, des conservatoires pour tous les arts et tous les métiers. La déclamation seule, l'art de bien dire, de faire comprendre au peuple assemblé les beautés d'une comédie ou d'un drame, cet art là ne s'enseigne nulle part. C'est à peine si, à Paris même, il a une classe au Conservatoire. Serait-il donc si difficile d'ouvrir dans les grands centres, à Bordeaux, à Lyon, à Rouen, des établissements préparatoires où les jeunes gens qui se sentiraient quelque goût pour la carrière théâtrale viendraient suivre les leçons de professeurs choisis parmi les comédiens vraiment dignes de ce nom? Les vétérans de la scène trouveraient là une retraite, les débutants une instruction qui aiderait à leur avenir, et tous, s'élevant peu à peu au niveau du reste des hommes, se verraient bientôt définitivement réhabilités dans l'estime du monde. Utopie, dites-vous? Essayez.

II

15 Septembre 1864.

N'avais-je pas bien raison de dire, la dernière quinzaine, que, pour conter ce qui se passe à Paris, un chroniqueur de province vient toujours trop tard ? Au moment même où je parlais des répétitions d'une nouvelle comédie de M. Augier, le parterre de la salle Richelieu en applaudissait la première représentation. C'est aujourd'hui de l'histoire ancienne, et il n'est pas un lecteur en Europe qui ne sache fort exactement ce qu'il faut penser du notaire Guérin et de la pièce de M. Augier.

« On y parle en style de papier timbré, dit M. Paul de Saint-Victor, on y dresse des actes de vente et des contrats de mariage à dérouter un vieux praticien. Quelle différence du notaire technique de ces comédies avec le tabellion en perruque et à lunettes mandé par Géronte lorsqu'il consentait à marier Valère avec Isabelle ! Il arrivait, la plume sur l'oreille, le cahier sous le bras, l'encrier de corne à la ceinture ; on apportait une petite table sur la place publique, où d'ordinaire se passait la scène ; le bonhomme saluait, se mouchait, déployait un grand feuillet in-folio enjolivé de rubans ; il y griffonnait un paraphe, les amants signaient et tout était dit. Je regrette fort, pour ma part, ces actes en l'air baclés à la diable. »

Vous dont la bienveillance se contente de mon humble prose et à qui j'offre celle d'un maître, — par une substitution non prohibée, — lecteur facile, êtes vous curieux ? Au premier volume de la *Revue de l'Aunis*, numéro du 1er juin, vous trouverez, d'un certain Delacoste, avocat à la Rochelle vers le milieu du siècle passé, des *Observations sur quelques inexactitudes de nos auteurs comiques dans ce qui a rapport à nos lois et à nos usages*. Permettez-moi, au cas que vous ne soyez point curieux, d'en transcrire ici la conclusion.

« Les auteurs, dit M. Delacoste, se sont fait une législation théâtrale qui les a dispensés d'étudier la plus belle partie des connaissances humaines, et qui nous prive d'une perfection à laquelle nous pouvons prétendre. Réclamons les grands principes, montrons en quoi on les blesse, voilà notre fonction ; le public demandera des copies plus fidèles, et cette réforme dans l'art dramatique produira d'heureux effets. »

Que vous semble de la *réforme* et de *ses heureux effets*? Mon Dieu, dit mon voisin, les deux critiques sont plus d'accord qu'elles n'en ont l'air : l'une prescrit l'usage, l'autre proscrit l'abus. — Merci Monsieur, c'est à cette réflexion philosophique que je voulais vous amener. Mais s'il m'était permis d'émettre un avis contraire au vôtre, je répondrais que je ne vois pas trop où est l'abus? Quand on veut peindre une société, il faut pourtant la peindre telle qu'elle est. Notez que, du temps de Molière et de ses successeurs, — s'il est à Molière des successeurs, — on faisait bon marché de ce que nous appelons LES AFFAIRES. La noblesse avait ses intendants qui traitaient ces choses là avec le tabellion dans quelque coin obscur de la seigneuriale demeure. Tous ces gros marquis descendaient bien vraiment de cette race dédaigneuse où le poète a pris le héros de sa ballade :

Et ma main,
Quand je signe,
Égratigne
Le vélin.

Aujourd'hui, les intendants sont devenus maîtres, le code civil s'est fait chair et tout le monde est un peu avocat. Donc, montrez-nous les hommes empêtrés dans ces soins vulgaires, sous peine de ne produire à nos yeux que des personnages de fantaisie, des momies galvanisées, des marionnettes.

Les comédiens trop ordinaires de S. M. le public rochelais consentiront-ils à abandonner le répertoire banal où ils puisent pour nous jouer de leur mieux *Maître Guérin*? Nous n'osons l'espérer. Une pièce nouvelle? Comment donc? Mais il faudrait l'apprendre, ce qui leur donnerait de la peine, et ils aiment bien mieux, les sybarites! nous réciter tout à leur aise des vieilleries que leur mémoire garde encore par lambeaux ; cela ne fait au moins travailler que le souffleur.

Nul n'ignore la cause du peu d'empressement qu'on montre en province pour le théâtre ; chacun sait pourquoi les directeurs de troupes dramatiques s'y ruinent le plus souvent. Si un goût éclairé présidait au choix des pièces, si, au lieu de comédies arriérées, de vaudevilles invalides qui traînent depuis plus de vingt ans sur tous les tréteaux, on représentait les principales œuvres des trois ou quatre dernières années, si l'on suivait le mouvement des esprits, qui, au théâtre comme ailleurs, amène par degré des transformations radicales et fait que ce qui nous charmait hier nous laisse froids aujourd'hui, le public sortirait enfin de son indifférence, le désert serait repeuplé, tout irait pour le mieux dans le meilleur des mondes. Il faudrait alors, comme corollaire, l'épuration des différents personnels : de sept ou huit troupes on en formerait une en prenant les sujets capables; le reste serait envoyé à l'école. Ainsi le théâtre renaîtrait de ses cendres, et l'on verrait peu à peu disparaître ce type affreux du cabotin ; la province entrerait franchement dans le courant dramatique contemporain, et, par intervalle, si l'on voulait revenir au passé, ce serait du moins à un passé éternellement jeune : Molière, Regnard, Marivaux, Beaumarchais, pourraient figurer sur l'affiche.

Croyez le bien, lecteur, le but de cette réforme est plus sérieux qu'il n'en a l'air. Ce n'est pas pour vous, certes, qu'elle aurait de grands avantages ; vous savez, vous, ce que c'est qu'un livre, et les glorieux écrivains nommés plus haut n'ont rien fait qui vous soit étranger. Mais il est une foule ignorante, un vulgaire qui n'a d'idées que celles qu'on lui donne, à l'intelligence de qui il faut une saine et forte nourriture. Or, le théâtre à une large part dans l'éducation de cette foule. J'ai sous les yeux un petit livre que M. Dubuisson vient de publier dans sa bibliothéque à 25 cent., le *Paradoxe sur le comédien* par Diderot. Savez-vous comment Diderot appelle la profession de comédien? « *L'utile et belle* profession des comédiens ou *prédicateurs laïques.* » Les hommes qui l'exercent sont pour lui « les fléaux du ridicule et du vice, les *prédicateurs les plus éloquents* (il y revient à deux fois) de l'honnêteté et des vertus, la verge dont l'homme de génie se sert pour châtier les méchants et les fous. » « Je pense, dit-il encore dans ce livre, à l'influence du spectacle sur le bon goût et sur les mœurs, si les comédiens étaient gens de bien, si leur profession était honorée. Où est le poète qui osât proposer à des hommes bien nés de répéter publiquement des discours plats ou grossiers ; à des femmes à peu près sages comme les nôtres, de débiter effrontément devant une multitude d'auditeurs des propos quelles rougiraient d'entendre dans le secret de leurs foyers? Bientôt nos auteurs dramatiques atteindraient à une pureté, une délicatesse, une élégance dont ils sont plus loin encore qu'ils ne le soupçonnent. Or, doutez-vous que l'esprit national ne s'en ressentît? »

Voilà comment s'exprime Diderot. J'aurais dit — un peu moins bien — la même chose ; il m'a semblé meilleur de prendre un avocat, et vous voyez que je m'entends à les choisir. Après cela, c'est je pense, assez longuement causé théâtre. J'ai là — pour parler à peu près comme Molière — certain sonnet que je m'en vais vous dire.

SONNET

Sur le soldat La Pierre, qui passa à la nage, depuis l'isle de Rhé jusqu'à la Rochelle, en 1627.

L'histoire fera voir à la postérité
Qu'un François a passé l'Océan à la nage
A l'endroit où la mer enceint de tout côté
Cette isle dont l'Anglois empêche le passage.

La nuit pleine d'horreur en son obscurité,
La colère des vents, la force de l'orage,
La froidure de l'eau, l'air plein d'humidité,
Ne surent point alors refroidir son courage.

Même entre les poissons, l'image de la mort
Ne le put empêcher de venir à bon port,
Et d'apporter au Roi une bonne nouvelle ;

De quoi les plus vaillans furent fort ébahis,
Car Léandre n'a fait pour l'amour de sa belle
Ce qu'a fait celui-ci pour l'amour du pays.

Je ne donne pas ces vers comme de la poésie, mais seulement comme une page anecdotique de notre histoire locale. La pièce en elle même est des plus plates et il y a tel endroit où M. Despréaux a du bien grogner, s'il l'a lue. Cette fine pointe, *la froidure de l'eau qui ne peut refroidir un courage* : cet hémistiche si honnêtement naïf à propos d'un homme ayant de l'eau jusqu'au menton, *l'air plein d'humidité* ; cet autre hémistiche, *même entre les poissons*, qui rappelle le vers célèbre du Moïse de Saint-Amand, tout cela, n'est-ce pas? est profondément ridicule. De même le premier quatrain presque entier,

> . . . . passer l'Océan à la nage
> *A l'endroit où la mer enceint de tout côté*
> *Une île !*

Ce n'est donc point là, je le répète, de la poésie, mais simplement une pièce historique. C'est comme telle que, l'ayant trouvée par hasard au XXIVe volume des *Annales poétiques*, (1) je l'adressai aussitôt à un de nos antiquaires, qui me répondit : « Ce sonnet me parait curieux pour un collectionneur Rochelais ; mais ne le croyez-vous pas bien postérieur aux événements? Je ne parle pas seulement de l'orthographe; elle a pu être corrigée par l'auteur; mais la forme, certaines tournures de style me le feraient croire. Et cependant, qui donc aurait été chercher dans l'histoire ce vieux fait oublié pour le rajeunir par la poésie? »

Ces derniers mots de mon honorable correspondant sont une arme qu'il me donne contre lui ; mais je peux négliger celle-là, en ayant à mon service de meilleures. Nos érudits Rochelais, à force de recherches dans les études de notaire, au fond des greffes et archives de toute sorte, ont fini par posséder en maîtres la langue du droit, la langue judiciaire au temps de Louis XIII, celle qu'on employait dans les actes de baptême, de mariage, de décès. Or, chacun sait que, de nos jours encore, le style des greffiers et en général de tous les officiers publics affecte le plus souvent d'antiques et vénérables tournures qui n'ont rien de commun avec le français du XIXe siècle. De même, dès 1628, ce n'est point dans les actes authentiques qu'il faut chercher la langue littéraire, c'est chez les auteurs, chez les poètes, dans les œuvres de Malherbe, de Racan, de Corneille lui-même. La première comédie de Corneille, *Mélite*, fut représentée en 1629; six ans plus tard *le Cid* naissait. Qu'on relise l'ode de Malherbe *Au Roy allant châtier la rébellion des Rochellois* ou bien ses stances célèbres, *Je suis vaincu du temps, je cède à ses outrages*, et l'on aura le ton précis de la langue des poètes en 1627 (2). Le

(1) Les ANNALES POÉTIQUES sont un recueil, fort bien fait, des meilleures pièces de tous les poètes français, depuis Guillaume de Lorris et Jean de Meung jusqu'à Panard et Piron. Elles ont été publiées, de 1778 à 1788, en 40 vol. in-12, par Sautereau de Marsy et Imbert.

(2) Malherbe mourut en 1628.

sonnet, particulièrement, était alors en grande vogue, et les trois *sonneurs* que l'*Art poétique* honore d'une mention, Gombaut, Maynard et Malleville, sont justement de cette époque. Ce fut quelques années seulement après le siège de la Rochelle que s'éleva la fameuse querelle des Uranistes et des Jobelins, à propos de deux sonnets, celui de *Job*, par Benserade, celui d'*Uranie*, par Voiture.

Voilà, je pense, assez de raisons en faveur de l'antiquité du sonnet rochelais. J'y ajoute les naïvetés même dont j'ai parlé plus haut, *l'air plein d'humidité*, et surtout *entre les poissons*, qui est une de ces expressions latines dont on abusait au XVIe siècle et auxquelles on commençait dès-lors à renoncer; je considère, enfin, la place de la pièce dans le recueil des *Annales poétiques*, parmi les pièces de la première moitié du XVIIe siècle; et je dis avec mon honorable correspondant: « Qui donc aurait été chercher dans l'histoire ce vieux fait oublié pour le rajeunir par la poésie? » Tout cela équivaut à une date. L'action du soldat La Pierre a eu lieu en 1627; le sonnet n'a pas du être écrit après 1630.

C'est une forme bien savante que la forme du sonnet. Je lui ai entendu quelquefois reprocher la monotonie de rimes de ses deux quatrains, et j'avoue, pour ma part, qu'elle m'a souvent choqué. Mais de cette monotonie même peut résulter un grand effet. Après le long exorde un peu traînant des huit premiers vers où les deux mêmes sons, quatre fois répétés, vous bercent dans une sorte d'engourdisssement, voici soudain venir, avec leurs rimes changeantes, leur vivacité d'allure, les deux tercets, qui vous mettent la puce à l'oreille et vous aiguillonnent par degré jusqu'au dernier vers où est le trait éclatant, « la flèche d'or, » comme dit Sainte-Beuve.

S'il m'était permis de compléter ma pensée par une comparaison un peu triviale, je dirais que l'auteur d'un bon sonnet ressemble au maître de maison qui commence par satisfaire un peu pèle mêle le premier appétit de ses convives, et qui, cette faim trop vive apaisée, leur fait déguster la meilleure chère et les meilleurs vins en ayant bien soin de finir par ce qui doit le plus agréablement chatouiller leur palais.

Introduit en France vers le règne de François Ier, le sonnet, peu choyé d'abord au milieu des dixains, sixains, virelais, coq-à-l'âne, fut pleinement mis en honneur par Dubellay et la Pléiade, et sa gloire dura jusqu'aux plus belles années de Louis XIV. Les vers célèbres de Boileau « Apollon l'enrichit d'une beauté suprême.... etc. », peuvent être regardés comme son oraison funèbre. Le XVIIIe siècle, peu soucieux de la forme, n'eut garde d'éveiller le mort et trouva plus commode de se passer de mesure et de rhythme, d'user du vers libre, de mettre à la mode la platitude et le prosaïsme sous le nom heureux de *grâces négligées*, de lâcher la bride à toute cette horrible poésie dite *fugitive* qui aboutit enfin — digne terme d'une pareille fuite — aux *billets* et aux *congés* de Dorat. La pléïade romantique dut, on le comprend, ressusciter le protégé de Ronsard. Nous savons tous qu'aux environs de 1830, dans le salon de Charles Nodier, à l'arsenal,

> Sainte-Beuve faisait, dans l'ombre
> Douce et sombre,
> Pour un œil noir, un blanc bonnet,
> Un sonnet;

Alfred de Musset en a laissé parmi ses œuvres une douzaine dont quelques-uns sont les plus beaux peut-être que nous ayons dans la langue française; on a vu même, dans ces derniers temps, apparaître des recueils entiers uniquement composés de sonnets, celui de Boulay-Paty, par exemple; — j'en pourrais citer un, encore à l'état de rêve, auquel travaille l'un de nos poètes rochelais; — enfin, comme pour consacrer la faveur qui s'attache de plus en plus à cette forme poétique, l'Empereur, passant par Lyon, décorait naguère le maître actuel du genre, M. Joséphin Soulary.

Cette renommée, neuve encore, mais fort répandue à Paris, l'est, je suppose, un peu moins en province. M. Joséphin Soulary est né à Lyon, en 1815. Si l'on en croit une notice de M. Léon de Wailly, insérée dans le recueil *Les poètes français*, sa jeunesse fut assez tourmentée. Il passa tour à tour du séminaire à la caserne, et ce fut au 48e régiment de ligne qu'il composa ses premières poésies. La carrière militaire lui souriant peu, il quitta le service, revint à Lyon et entra à la préfecture du Rhône, où il végéta d'abord dans les emplois subalternes. Mais bientôt, un préfet, ami des arts sans doute, le nomma chef de division, place qu'il occupe encore aujourd'hui. De l'administrateur ou du poète, on peut demander lequel l'Empereur a entendu récompenser; il est bien probable que l'un n'a pas nui à l'autre.

M. Soulary est, en poésie, de la famille des ciseleurs, de ceux qui croient que la richesse de la rime, la fermeté du rhythme, le fini de la facture ajoutent quelque chose à la beauté des vers, et qui jugent meilleur d'enfermer le vin précieux de la pensée dans des vases délicatement sculptés que dans des outres grossières. Jamais cependant, comme le font tant de rimeurs trop connus, Théodore de Banville par exemple, il ne sacrifie l'idée à son amour de la forme ; son habilité ne va pas jusqu'au tour de force, et ce n'est pas lui qui aurait ébloui les badauds par des odes aussi creuses que funambulesques. La mièvrerie lui est étrangère ; sa touche est large et forte ; il a de ces vers aux grandes lignes qui sentent leur Théocrite ou leur Homère :

Impatients et doux sous l'aiguillon divin,

dit-il quelque part de deux enfants timides qu'il nous montre, s'en allant,

...... beaux amoureux, côte à côte, en silence,
Les yeux baissés à terre, et la main dans la main,
Sans songer qu'ils sont seuls, éloignés du chemin,
Et que la nuit s'abat sur la forêt immense.

Vous savez le magnifique sonnet de Ronsard « quand vous serez bien vieille, au soir, à la chandelle, » auquel on a comparé la chanson de Béranger — quelque chose comme un bec de gaz comparé au soleil. — Jamais, pour ma part, je n'en ai pu lire les deux derniers vers sans être ému jusqu'aux larmes. Hé bien ! c'est là le sonnet comme le comprend, comme le pratique en ses bons jours M. Soulary. Un tableau, un *quadro*, une impression traduite, d'où ressort un sentiment vrai, exprimé ou non par le poète, et qui donne au lecteur un délicieux moment d'émotion ou de rêverie. Quand Boileau eut écrit qu'un sonnet sans défaut vaut seul un long poème, on crut qu'il avait voulu rire, parce que, du temps de Boileau, les maîtres en l'art du sonnet ne prenaient pour texte que des niaiseries, et auraient cru passer *les limites du genre* en chantant autre chose que l'avorton, ou la fièvre qui tient la princesse Uranie. Le sonnet était juste alors à la hauteur du rondeau, de la ballade et autres *choses fades*. Pour retrouver le ton véritable, c'était jusqu'à Ronsard, jusqu'à Dubellay, jusqu'à Desportes lui-même qu'il fallait remonter. Nos modernes n'y ont pas manqué et l'on peut affirmer sans crainte que nos plus beaux sonnets contemporains valent bien réellement *de longs poèmes*. Je n'en puis donner une meilleure preuve que celui-ci, déjà célèbre du reste, de M. Joséphin Soulary :

Les deux cortéges.

Deux cortéges se sont rencontrés à l'Eglise.
L'un est morne, — il conduit la bière d'un enfant;
Une femme le suit, presque folle, étouffant
Dans sa poitrine en feu le sanglot qui la brise.

L'autre, c'est un baptême. — Au bras qui le défend,
Un nourrisson bégaye une note indécise;
Sa mère, lui tendant le doux sein qu'il épuise,
L'embrasse tout entier d'un regard triomphant!

On baptise, on absout, et le temple se vide.
Les deux femmes, alors, se croisant sous l'abside,
Echangent un regard aussitôt détourné,

Et, — merveilleux retour qu'inspire la prière, —
La jeune mère pleure en regardant la bière,
La femme qui pleurait sourit au nouveau-né!

Voilà qui vaut un peu mieux, je pense, que le sonnet sur le soldat rochelais, et j'aurais eu plaisir à être Empereur ou quelque chose d'approchant — tout exprès pour décorer l'auteur de ces quatorze vers.

A ce propos de ruban rouge accordé à un vrai poète, je ne terminerai pas sans parler d'une distinction d'un autre genre dont vient d'être l'objet un peintre illustre, poète aussi, notre glorieux compatriote, M. Eugène Fromentin. M. Eugène Fromentin figurait, en compagnie de Meissonnier, sur la première liste des invités de Compiègne. Les journaux de Paris l'ont annoncé bien avant moi, aussi n'est-ce point une nouvelle que je prétends donner, mais bien plutôt un souvenir agréable que je consigne ici, dans une revue consacrée à toutes les gloires de notre vieille et chère cité.

III

1er Décembre 1864.

La grande préoccupation du moment pour le public Rochelais, c'est l'ouverture du cours de littérature française confié par la ville à notre ami et collaborateur M. Gaultier de Claubry. Que dira le jeune professeur ? que ne dira-t-il pas ? dans quel esprit, sous quelle forme ce cours sera-t-il conçu ? Voilà le sujet de tous les entretiens. Ces diverses questions auront reçu en partie leur réponse lorsque paraîtra la *Revue de l'Aunis ;* mais, au moment où j'écris ces lignes, nous n'avons encore que le programme de la première leçon.

Faut-il l'avouer ? Je trouve dans ce programme une proposition malheureuse. « Pourquoi, dit M. Gaultier de Claubry, commencer l'étude des poètes français à Malherbe ? » En effet, pourrait répondre un adversaire, — si adversaire il y avait, — pourquoi commencer l'étude des poètes français à Malherbe, quand vous avez avant lui, si près de lui, trois hommes de la taille de Régnier, de d'Aubigné, de Ronsard ? Pourquoi éternellement tourner dans un même cercle et ne prendre comme sujet d'études que ce qui est le mieux connu de tous ? Quoi ! d'un trait de plume vous prétendez rayer de l'histoire tout un siècle, un grand siècle littéraire, le plus curieux qu'ait eu la France, le plus grand peut-être, à ne consulter que l'ardeur des efforts, la beauté de la tentative ! Partout des routes non tracées, nul devancier, nul guide. Pour modèles, Alexis, Meschinot, Molinet, Coquillart ; pour idéal, Homère ! Pour point de départ, un cabaret gaulois ; pour but, la Grèce et l'Olympe ! Vous aurez beau définir un classique, — si une pareille définition est possible ; — vous aurez beau vous appuyer sur l'autorité banale du *législateur du Parnasse*, rien n'empêchera que votre prétendu classicisme ne soit une suprême ingratitude. Parce qu'un jardinier est venu qui a coupé quelques branches et mis un tuteur à votre arbre, vous oubliez ceux qui l'ont planté ! On a bientôt dit que notre littérature poétique tire son origine de la Grèce et de Rome. Mais est-ce donc Malherbe qui l'y est allé prendre ?

Vous souriez, lecteur, et ce nom de classique, qui est revenu par deux fois sous ma plume, vous paraît singulièrement suranné. Nous sommes loin, pensez-vous, de ces fameuses querelles qui ont produit tant de longues préfaces et d'où sont sorties tant de locutions célèbres : « Vieil as de pique . . . — De ta suite, j'en suis . . . etc. » Détrompez-vous. Si, en province, on prêche tranquillement le classique, la plupart des revues que Paris nous envoie sont inondées par contre de manifestations et de rimes baptisées romantiques. Mais d'abord, comme dit le programme de M. Gaultier de Claubry, qu'est-ce qu'un classique ? — Malgré la difficulté, ce ne sont pas les définitions qui manquent. Il y a d'abord celle-ci :

D. — Qu'est-ce qu'un classique ?

R. — C'est un auteur qu'on explique dans les classes.

Il y a ensuite celle de Rivarol :

« On appelle livres classiques les livres qui font la gloire de chaque nation particulière et qui composent ensemble la bibliothèque du genre humain. »

J'en pourrais citer une infinité d'autres, toutes aussi claires, y compris celle de madame Dupuis qui prétend que classique et romantique c'est jus-vert et vert-jus. Mais, outre qu'elles tiendraient trop de place et vous intéresseraient peu, j'avoue ingénument que j'ai le malheur de n'en comprendre aucune. Toute ma poétique se borne à ceci : ne pas écrire trois mots lorsqu'il n'en faut que deux. A ce compte, le bon Homère lui-même me semble par endroits d'un classique très-peu orthodoxe. Un exemple fera mieux comprendre ma pensée. Je lisais, cette semaine, dans la nouvelle *Revue de Paris*, une tartine de plus de trois cents vers, par Théodore de Banville, intitulée : *L'Education de l'Amour*. — L'amour, à sa naissance, inspira à Jupiter une grande épouvante par ses charmes même, par toutes les séductions que le maître des dieux entrevit dans cet adorable sourire.

Alors, il ordonna que le petit enfant,
Nu, froid, maudit, victime au noir Hadès offerte,
Fut porté dans le fond d'une forêt déserte
De l'Inde......

Mais, là, l'amour séduisit les bêtes fauves et fut élevé par elles, si bien qu'il prit à chacune sa cruauté, sa ruse, ses fureurs, et c'est ainsi, dit la conclusion,

C'est ainsi que ce fils éclatant d'une mère
Adorable épuisa la jouissance amère
De voir pleurer, de voir souffrir, de voir mourir,
Et de causer des maux que nul ne peut guérir.

Après avoir lu ces trois cents vers, je me demandais, en songeant, comment Anacréon, je suppose, eût traité le même sujet. Dix ou douze vers lui auraient suffi sans doute ; et Anacréon était pour moi le poète classique, celui qu'on relit sans cesse, l'autre, celui qu'on ne relit pas. Qu'y voulez-vous faire? Alfred de Musset l'a dit, il y a vingt ans.

Sitôt qu'il nous vient une idée
Pas plus grosse qu'un petit chien,
Nous essayons d'en faire un âne.

A propos d'Alfred de Musset, j'ai une bonne nouvelle à annoncer à ses dévôts. C'est définitivement le 1er décembre que M. Charpentier fait paraître le premier volume de l'édition illustrée du grand poète. L'œuvre complète en formera huit, sur papier de Hollande, avec vingt-cinq dessins de Bida, gravés par Henriquel Dupont. Un pareil luxe portera probablement très-haut le prix de l'édition. Aussi ne sera-t-elle tirée qu'à mille exemplaires. Elle est donc destinée à devenir un jour très rare. Avis aux bibliophiles, bibliomanes et bibliopathes des temps présents et futurs.

C'est à dessein que j'emploie ce mot *bibliopathe*, forgé, l'an passé, par un des collaborateurs de la *Revue*, et qui me paraît exprimer merveilleusement cette fièvre du bouquin dont la génération contemporaine est atteinte. Tout se vend, tout s'achète, tout est poussé à des prix fous. J'ai sur ma table deux ou trois catalogues de bibliothèques que la librairie Bachelier-Deflorenne est chargée de vendre, celle de M. Arthur Dinaux, celle de M. Ménager, ancien architecte de la ville de Paris, etc. Au milieu des livres le plus réellement précieux figurent les plus vulgaires, les plus banales productions. Sont-elles rares ? Il suffit. Qu'importe le mérite littéraire? Auteurs modestes, humbles rimeurs de province, ronflons en paix! Nos imprimeurs bâtissent notre immortalité. Dans cent ans d'ici, ce qu'on n'aura pas brûlé de nos œuvres sera acquis à prix d'or, dans les ventes, par quelques bons-hommes à bésicles, nos honorables et chers petits-neveux.

P.-S. — Un léger retard dans le tirage de la *Revue* me permet d'ajouter quelques mots sur la première leçon du cours de littérature. Emu d'abord, à ce qu'il m'a semblé, le jeune professeur n'a pas tardé à retrouver son sang-froid et sa mémoire. Il y aurait peut-être à regretter chez lui une certaine monotonie de diction qui rappelle un peu trop la mélopée des prédicateurs. Quoi qu'il en soit et malgré de bien louables efforts, deux questions du programme restent encore à résoudre :

— Pourquoi commencer l'étude des poètes français à Malherbe?

— Qu'est-ce qu'un classique ?

IV

15 Janvier 1865.

Si l'on me demandait pourquoi Julius a, depuis un mois, gardé le silence, je serais, en vérité, bien empêché de le dire. Ce n'est certes pas qu'il n'y eut de quoi parler. Le théâtre et la ville offraient des sujets en foule. C'étaient les *Charmeurs* et l'opérette de M. Léon Méneau, le premier de l'an et les livres d'étrennes ; c'étaient les albums de musique, les keepsakes, les bijoux précieux, les coffrets sculptés, les mille et un objets plus ou moins artistiques ; c'était Malherbe et M. Gaultier de Claubry. Il faut, semble-t-il, de bien gros motifs pour rester muet devant tant et de si belles matières à causerie. Des motifs ? En avais-je vraiment ? Des prétextes ? En puis-je donner ? Mon Dieu, non. Qu'alléguer ? Tout simplement le froid, la pluie, le brouillard, que sais-je enfin ? l'hiver :

Car, l'hiver, il est doux, auprès d'un clair foyer,
Etre assis, ne rien faire, à demi-sommeiller ;
Et moi, sitôt qu'un rêve entre dans ma cervelle,
Tout est fini ; bonsoir ! Je souffle ma chandelle,
Et laisse mes regards, mon cœur et ma raison
Danser avec la flamme au haut du noir tison.

Quoi qu'il en soit, me voici de nouveau, prêt à reprendre la causerie au point où nous l'avions laissée le 1er décembre. Que disions-nous ? Vous en souvient-il ? Que notre génération est atteinte d'un amour effréné du bouquin, que tout se vend et trouve acheteur, que, dans cent ans d'ici, ce qu'on n'aura pas brûlé de nos minces œuvres sera acquis à prix d'or, dans les ventes publiques. Hé bien, voici justement qu'aux derniers jours du mois passé la librairie Bachelin-Deflorenne, chargée de la vente des livres d'un savant bibliophile, M. Arthur Dinaux, m'envoyait un de ses catalogues, où je vois figurer entre autres raretés :

Sous le numéro 1,336. — « *Réflexions sur le comique larmoyant*, par M. M. D. C. (Martin de Chassiron), trésorier de France et conseiller au présidial, de l'académie de la Rochelle, adressées à MM. Arsère (sic) et Thylorier, de la même académie. Paris, 1749, in-8° n. rogn. »

Sous le numéro 209. — « Recueil de pièces, en prose et en vers, lues dans les assemblées politiques (?) de l'académie royale des Belles-Lettres de la Rochelle... Paris, 1747, in-8°, mar. vert, dent., tr. dor. (Anc. Rel.) »

« Ce volume curieux et peu commun, ajoute le catalogue, est » terminé par de petits drames composés par l'abbé Bonvallet-Des-» brosses, pour les demoiselles de l'Enfant Jésus.... Les emblèmes » qui composent la dentelle de la reliure paraissent indiquer que cet » exemplaire fut celui du prince de Conti, auquel le volume est » dédié. »

Étant d'une ignorance extrême en tout ce qui regarde l'histoire locale, je ne puis dire ni ce qu'étaient ces assemblées *politiques* de notre académie, ni si l'abbé Bonvallet-Desbrosses tient en aucune sorte à la Rochelle, ni à quelle occasion le volume fut dédié au prince de Conti. C'est affaire à nos érudits Rochelais de nous l'apprendre, et je leur laisse, s'il leur plaît, ces trois points à éclaircir. Je crois cependant pouvoir, sans trop me risquer, préjuger que les petits drames du bon abbé endormiraient..... même des demoiselles de l'Enfant Jésus, et il est bien à supposer que l'heureux acquéreur du livre en a considéré surtout la reliure. Il existe ainsi toute une race d'amateurs auxquels importe peu le fond même d'un volume, et pour qui l'extérieur, la provenance, la date sont choses principales. Que je les plains ceux-là ! Ils ignorent le plaisir exquis d'aller à la découverte au travers d'une œuvre mal connue, d'y rencontrer, à mesure qu'on avance, des lueurs nouvelles, des beautés inattendues et d'asseoir, pièces en mains, un jugement autre que celui de la foule.

Combien il en est, en effet, de ces écrivains — et non pas toujours des plus obscurs, — sur lesquels le public se contente d'une opinion toute faite, acceptée sans contrôle ! Comme dit Gœthe, il y a dans ce monde si peu de voix et tant d'échos ! Ne suffit-il pas que Boileau ait écrit l'hémistiche trop fameux : « Enfin Malherbe vint,... » pour que Malherbe passe, aux yeux de la masse, pour le premier en date de nos poètes et le créateur en quelque sorte de la poésie française ? Ne suffit-il pas que ce même Boileau ait commis, sur Ronsard, ces deux vers aussi incorrects de forme qu'inexacts au fond :

Ce poète orgueilleux, trébuché de si haut,
Rendit plus retenus Desportes et Bertaut,

pour que le nom de Desportes, un vrai poète, soit définitivement attaché — comme à un pilori — au nom du pâle et fade rimeur, Bertaut? Ne suffit-il pas qu'un mauvais plaisant — Tissot peut-être — ait dit une fois : Parny et Bertin, pour que les deux renommées demeurent enchaînées l'une à l'autre et que celle-ci tombant entraine celle-là dans l'oubli.

Les hommes qui nous ont précédé ont tous connu et aimé Parny. C'était leur élégiaque préféré, leur grand poète *érotique*, — un vilain mot désignant une vilaine chose. — La poésie érotique consistait à prendre les lectenrs pour confidents de ses bonnes fortunes dans leurs plus scrupuleux détails. Parny était le maître, le dieu de ce genre équivoque. On l'appelait le *Tibulle français*, comme s'il y avait jamais eu le moindre rapport entre ses rimes de confiseur et les mélodies du mélancolique Romain. Avec Parny, un peu au-dessous, nos pères estimaient Bertin. C'était leur *Properce*; car on avait alors une grande fureur de comparaisons. Pauvres poètes qu'aujourd'hui on ne lit plus guère! Sur la foi d'une complainte de Béranger et des Cours de littérature, Dictionnaires biographiques ou autres gros livres, on regarde consciencieusement Parny comme le chantre classique de l'amour, Bertin comme le disciple de son compatriote et ami, tout en les confondant d'ailleurs dans une égale indifférence. Laissez-moi vous dire, lecteur, l'étonnement où je fus, il y a quelques années, lorsque je lus pour la première fois l'un et l'autre. Qu'étaient devenues ces opinions *de vade-mecum*, ces jugements selon la formule? Disparus, effondrés! mes propres idées avaient surgi à la place. Je vous les livre résumées d'un mot : Parny, c'est presque encore Dorat; Bertin, presque déjà Chénier.

Loin de moi la pensée d'établir un subtil et paradoxal parallèle entre un écrivain de génie et un poète, estimable à son heure, mais aujourd'hui bien pâle, bien effacé. Il me serait aisé de les montrer tous deux nés hors de France, dans des contrées lointaines, au milieu d'une nature inspiratrice, tous deux soldats, tous deux morts à trente ans. Mais qu'ajouteraient au tableau ces vaines ressemblances? C'en est une plus sérieuse que je trouve en eux : Tous deux sont artistes.

Chacun sait combien peu le XVIIIe siècle se souciait de l'art en poésie, combien peu, pour mieux dire, il se souciait de la poésie. Le grand mérite de Bertin est précisément d'avoir rompu avec ces habitudes de négligence et de prosaïsme qui triomphaient autour de lui. Il a — un des premiers — la curiosité de la forme ; c'est un laborieux. Non content de revenir aux anciens, de les imiter, de les traduire, comme André le fera quelques années plus tard, il a pris d'eux l'amour du bien-dire, il cisèle, il cherche à peindre, il y réussit parfois.

> Et peut-être, par intervalle,
> Un vers pur et facile étincelle en mes jeux.

Qui parle ainsi ? Chénier, pensez-vous ? — C'est Bertin, justifiant la louange par la manière dont il se la donne. Oui, il se loue justement le poète, et même il est modeste encore. Ce n'est point seulement des vers purs et faciles qui étincellent en ses jeux ; c'est quelfois — rarement, il est vrai, — de mélodieuses et sobres peintures, tout d'un seul trait, comme en ont Horace, Catulle, Lafontaine, Musset, les génies. Ainsi, pour montrer Eucharis jouant de la harpe et son beau visage souriant au travers des cordes vibrantes :

> Tel brille un astre pur dans le mobile ombrage.

Ainsi, dans la jolie pièce l'*Absence*, après avoir supplié sa maîtresse de lui écrire, de penser à lui, de lui garder son cœur :

> Un jour peut être, un jour, ô ma tant douce amie,
> Quand la fidèle Œnone ouvrira tes volets,
> Et qu'un songe amoureux, te présentant mes traits,
> Fera couler l'espoir dans ton âme attendrie,
> J'entrerai tout d'un coup sans me faire annoncer :
> Je paraîtrai tomber du céleste empyrée.
> Du lit alors, pieds nus, légère à t'élancer,
> Si, les cheveux épars, incertaine, égarée,
> Tu cours, les bras tendus, à mon cou t'enlacer,
> Mes vers du monde entier t'assurent les hommages ;
> Vénus aura perdu ses honneurs immortels,
> Et les amants en foule, embrassant tes autels,
> De lilas et de fleurs orneront tes images.

Qu'on me permette de citer encore cette fin d'élégie, à Eucharis infidèle :

> Peux-tu me préférer ce rival orgueilleux,
> Vil suivant de Plutus, que l'intérêt dévore,

Et dont l'instinct grossier préfère à tes beaux yeux
Ces trésors criminels qu'aux bornes de l'Aurore
A cachés vainement la prudence des Dieux !

. . . .

Penses-tu qu'amoureux de son doux esclavage,
Désormais il renonce à quitter le rivage ?
On dit que l'inhumain, méprisant tes appas,
Déjà prêt à partir, sur la foi d'une étoile,
Redemande des vents, fait déployer la voile,
Et de ton lit oiseux veut courir au trépas.
Que je plains ta douleur, amante infortunée !
Combien tu pleureras ton fol égarement !
Malgré ton crime, hélas ! de plaisirs couronnée,
Puisse-tu ne jamais connaître le tourment
D'aimer comme je t'aime, et d'être abandonnée !

Jamais avec Bertin, non plus qu'avec Chénier, on est bien sûr de n'avoir pas lu déjà, en latin ou en grec, ce qu'il nous fait lire en notre langue. « Je ne serais pas étonné, écrit le jaloux Tissot, qu'Eucharis ou Catilie n'eussent dit quelquefois à leur favori : mon ami, nous sommes de Paris et non de Rome ; faites nous l'amour en Français. » Mais laissons Tissot rire de ce penchant du poète à remonter aux sources pures, et nous, juges impartiaux, reportons-nous au temps où Bertin écrivait ; ouvrons l'*Almanach des Muses* et étudions l'allure qu'avait alors la poésie amoureuse : Partout le bel-esprit, le jargon, la platitude. Dorat fait école ; Parny lui-même n'est qu'un disciple plus fort que le maître ; nullement artiste, c'est simplement l'*homme sensible*, comme on l'entendait au XVIIIe siècle, — sensibilité qui nous paraît de glace à nous postérité. — Tel n'est point Bertin. Ce n'est pas une femme qu'il aime, ce n'est ni Eucharis ni Catilie qui sont ses maîtresses ; sa vraie maîtresse, c'est la poésie, c'est la langue française. Il y a telle de ces petites pièces, véritable épigramme d'anthologie, qui témoigne, à bien voir, un fort travail de style, une lutte opiniâtre avec ses antiques modèles. Ce vers charmant de l'*Absence*, si rapide, si délié, si svelte pour ainsi dire,

Du lit alors, pieds nus, légère à t'élancer,

c'est du Tibulle, je ne vous l'apprends pas, et je ne sais trop, pour le bonheur d'expression qui l'emporte du Romain ou de son imitateur. Mais ce qui n'est pas dans Tibulle, c'est la préparation, le songe amoureux qui attendrit l'âme et la dispose aux émotions douces; c'est la tournure conditionnelle « Si, les cheveux épars,..... »—Tibulle emploie la forme impérative; — ce sont enfin les quatre derniers vers, épanouis, triomphants, à la fois musique et peinture. Ainsi procède Chénier, imitant, traduisant, ici un seul vers, là toute une strophe ou même la pièce entière, et rendant ces emprunts siens par la manière dont il les enchasse dans ses propres poèmes. Comme Chénier, Bertin pouvait montrer à ses critiques

La couture invisible et qui va serpentant
Pour joindre à son étoffe une pourpre étrangère.

Tibulle, Catulle, Ovide, Properce, Horace surtout, l'Horace des odes, sont mis par lui à contribution; nous l'avons vu, à leur contact, retrouver quelquefois cette belle et large facture du XVIe et du XVIIe siècle, oubliée de son temps (*); il apprend avec eux le grand travail des mots, et ne laisse pas, comme le chevalier Parny ou ses amis les petits-maîtres, négligemment tomber des rimes nonchalantes. Poëte, artiste avant tout, il ne comprend pas l'amour sans la gloire. Ah! dit-il à son Eucharis

Ah! puissent nos deux noms, tracés
Sur l'agate blanche et polie,
Par Vénus être un jour placés
Sous les ombrages d'Idalie,
Parmi les chiffres enlacés
Et de Tibulle et de Délie!

Venu plus tard ou plus tôt, Bertin aurait vu sans doute ses vœux exaucés et son nom brillant d'une aimable gloire non loin de ceux de

(*) J'ajoute aux exemples déjà donnés les suivants:

Elle marchait traînant tous les cœurs après elle
Et laissait sur ses pas l'air au loin embaumé....

. . . .

Des essaims bourdonnants dans le creux des vieux chênes....

. . . .

L'éternel souvenir d'un bonheur qui n'est plus ...

. . . .

Non l'amant, quel qu'il soit n'a rien à redouter;
Nul mortel à ses jours n'oserait attenter.
C'est un Dieu qu'à genoux le monde entier révère ...

ses modèles. Mais l'époque où il vécut, les hommes qui l'entouraient eurent sur lui encore trop d'influence. Il lui eût fallu pour s'en affranchir la force du génie, celle qu'eut Chénier. — Elle lui manqua et ce ne fut que par intervalles qu'un vers pur et facile étincela en ses jeux. Toute imparfaite que soit son œuvre, on doit pourtant lui savoir gré de ses tendances, estimer ce qu'il voulut faire plutôt que ce qu'il fit et l'aimer après tout pour cette lueur poétique, tant faible soit-elle, qu'il fait briller dans les ténèbres d'un siècle où toute poésie est éteinte.

V

1er Février 1865.

Il y a un théâtre à la Rochelle; je vous le dis en vérité, la Rochelle possède un théâtre. On y cultive tous les genres, depuis le plus triste, la comédie, jusqu'au plus bouffon, qui est le drame, comme chacun sait. L'opérette y fleurit auprès du vaudeville ; même, on a tenté, en ces derniers soirs, d'y acclimater deux genres nouveaux, dont le besoin se faisait vivement sentir, la romance et la chansonnette, genre soporifique et genre obscène. On y a fait à *Maitre Guérin*, — le grand succès du jour, assurait l'affiche, — l'honneur insigne d'une représentation ou d'une parodie, pour mieux dire. Voici qu'on annonce comme très-prochaine, l'apparition de *Tartuffe*. Il y a un théâtre à la Rochelle; je vous le dis en vérité, la Rochelle possède un théâtre.

Tartuffe ! C'est l'éternel rêve. « Tout bourgeois veut bâtir comme les grands seigneurs. » Dès les premiers temps de la liberté des théâtres, la pièce de Molière a tout envahi. De la Bastille à la porte Saint-Martin les moindres scènes ont eu leur Tartuffe et leur Elmire. Cela pouvait encore être drôle à Paris. Mais en province, dans une ville de troisième ordre, par un personnel tel que le nôtre, ce ne sera pas drôle, oh ! que non, ce sera navrant. Sans parler ici de l'intelligence et de la composition des rôles — car ce serait supposer l'impossible, — je vous demande ce que vont devenir, entre les dents de ces messieurs et de ces dames, les vers de Molière. Une ou deux fois, j'ai eu, pour mon malheur, affaire, à propos de vers, à des comédiens de petite ville. Je ne voudrais pas répondre que le plus lettré d'entre eux se rendît bien exactement compte de ce que c'est qu'une syllabe. Ajoutez à cette ignorance générale la fière paresse commune à tous, et vous pourrez d'avance imaginer quels vers libres nous allons entendre à la place des alexandrins du poète. Si j'avais à donner un conseil au directeur *permissionné*, ce serait d'annoncer ainsi la pièce sur son affiche : *Tartuffe* déparé et travesti. Cela paraîtrait au moins de circonstance, tombant en plein carnaval, et il n'y aurait plus de malentendu possible, chaque spectateur étant bien averti qu'on ne visera qu'à la mascarade.

Le voilà revenu ce temps de mascarades et de joyeusetés où mon ami Z.... arbore un faux-nez pour s'intriguer dans sa glace. La tranquille Rochelle s'est émue; les bals et les soirées surgissent de toutes parts ; c'était hier à l'Hôtel-de-Ville , — et l'on prétend qu'il y aura récidive , — ce sera demain à la recette générale ; tout le monde saute, tout le monde danse, excepté pourtant Julius. Je n'ai jamais compris , pour ma part , quel plaisir on peut trouver....

Qu'allais-je dire , bon Dieu ! Songez combien de secrets mépris, de haines sourdes je m'attirais d'un mot ! Il est prudent , je crois , de prendre une autre thèse , et comme de la danse à la musique il n'y a qu'un pas , causons , s'il vous plaît , du dernier concert. Il a déjà huit jours de date et, dans ce pays-ci, huit jours seulement

Font *d'un concert récent* une vieille nouvelle ;

j'en veux dire quelques mots cependant, ne fût ce que pour constater les sympathies que le béneficiaire, M. Schelling , a su conquérir parmi nous. Toutes les formules d'éloges ont été employées pour M. Schelling. On lui a dit cent fois l'énergique et brillante netteté de son jeu , sa fougue qui trouve moyen d'être tout ensemble capricieuse et sévère ; son talent , il en a conscience , il sait qu'il y a en lui un admirable artiste. Ce que le concert de lundi a pu lui apprendre , c'est la haute estime où le tiennent ses concitoyens adoptifs, la part qu'ils prennent aux douleurs de sa maladie.

Entrerai-je après cela dans les détails ? Dirai-je que des voix charmantes se sont fait entendre, que l'orchestre, médiocre accompagnateur , a , par compensation , fort bien exécuté des fragments de la symphonie en *re*, de Beethoven ? A quoi bon ? C'est déjà si vieux ! J'aurais l'air de rabâcher. Mieux vaut annoncer le deuxième concert populaire que la Société Philharmonique prépare pour le 4 mars prochain , dans la salle du Théâtre. Honneur à nos Pasdeloup ! L'esprit du siècle est en eux , cet esprit si essentiellement vulgarisateur. Sentir le beau c'est bien , en propager le goût c'est mieux.

Nous serions heureux de voir un entreprenant — s'il en est entre nous — tenter pour les choses littéraires ce que les quelques têtes de la Société Philharmonique ont commencé pour les choses musicales. Vulgariser l'amour des lettres par des lectures ou des entretiens publics nous semble un but avouable et qu'on pourrait se proposer. Nous sommes au grand temps des conférences. Pourquoi ne ferions nous pas ce que tout le monde fait autour de nous ? A côté du cours — un peu restreint, un peu étroit — que subventionne la ville, pourquoi n'aurions nous pas des cours libres, non rétribués, où les plus instruits et les mieux-disants viendraient développer devant nous leurs idées sur tel ou tel point de littérature, d'histoire, d'art ou de sciences ? Me répondra-t-on que ce n'est là qu'une rêverie impraticable ? Je répliquerai par ce passage de l'histoire de Dupont : « L'Académie de la Rochelle s'acquit dans ce temps (en 1827) des droits incontestables à la reconnaissance des citoyens. Elle fonda des cours industriels gratuits, en mettant à contribution le zèle désintéressé et les talents bien connus de plusieurs de ses membres. » Et ces membres n'étaient pas les premiers venus, des gens sans place, sans titre, comme je suis, comme vous pourriez être : c'étaient MM. Emy, colonel du génie en retraite, Plessis, ingénieur ordinaire des ponts-et-chaussées, Duclos, capitaine du génie, et Delayant.

Bien des personnes pouvaient naguère ne pas se douter seulement qu'il existât encore une Académie de la Rochelle. Depuis trois ou quatre ans muette et fuyant la lumière, elle vient enfin de s'affirmer au grand jour en annonçant une séance publique vers les derniers mois de l'année courante. La section littéraire — une des quatre dont se compose l'institut Rochelais — doit, pour la première fois, en cette fête académique, décerner une médaille d'or de cent francs au poëte qui lui aura envoyé la meilleure pièce de vers. Le choix du sujet est laissé à la fantaisie des concurrents. C'est dire que la section littéraire se prépare une dure besogne. L'un aura fait une ode « ou pis peut-être », celui-ci une innocente fable, celui là un sonnet, l'autre un poème humanitaire ; gare à l'épopée ! Dans la mêlée, qui l'emportera ? Le fond ou la forme ? Et l'on verra reparaître les discussions éternelles du beau absolu, de la sincérité du poète, de la sensibilité sans l'art et de l'art sans l'émotion, et chacun enfourchera son idéal et rompra une lance en l'honneur du système cher à son cœur. Oh ! la rude tâche qu'auront là les juges !

VI

15 Mars 1865.

C'en est fait ! Julius décline ; Julius n'est plus que l'ombre de lui-même ! Assoupi au coin de son feu durant ces longues journées d'hiver, il croyait, l'insensé ! pouvoir « s'éveiller avec la nature » au premier souffle du printemps. « O popoi ! » comme disent les tragédies grecques, « mortelles douleurs ! » comme disent nos tragédies, Julius n'est plus que l'ombre de lui-même !

En vain aujourd'hui le grand soleil reluit à mes carreaux : ma cervelle reste creuse, rien n'y fleurit, rien n'y sourit. Aux vieillards même un rayon heureux apporte la joie ; je vois, sous ma fenêtre, toute une foule bigarrée qui trotte, comme les mouches, vers la lumière ; Gros-Jean comme devant, moi, je baille, en disant : « Il fait beau ; il fait bien beau ; Dieu ! qu'il fait beau ! » Et voilà tout ce que m'inspire cette admirable journée !

Hélas ! mon bien aimé, vous n'êtes plus poète !

ce que je traduirais volontiers par « vous n'êtes plus jeune ; » car ils sont rares ceux qui conservent le grain de poésie au-delà de la vingtième année et que mettent, toute leur vie, en belle humeur, comme Horace,

gelidum nemus
Nympharumque leves cum satyris chori.

Combien j'en ai connu, de ces jeunes enthousiastes de la poésie et des poètes, qui ont maintenant boutique sur rue, et ne connaissent de livres que ceux qu'ils tiennent en partie double ! Lequel de nous, aux premières lueurs de sa jeunesse, n'a pas ouvert son âme à l'ambition démesurée ? Qui ne s'est cru des ailes pour monter jusqu'aux astres ? Qui n'a raillé un jour la foule muette des résignés ? Tout collégien a sa tragédie en poche ; c'est d'ordinaire par là qu'on commence. Les uns — les plus nombreux — s'arrêtent dès la première ; les autres persistent et ce sont les moins sages ; tandis qu'ils riment péniblement et sans fruit, dédaignés en secret de leurs anciens camarades, ceux-ci s'enrichissent sans trop de peine dans les grasses opérations d'un bon commerce. Que voulez-vous ? le monde est ainsi : une moitié compose des romans et des vers dont l'autre moitié couvre sa chandelle et son fromage.

On lui avait bien fait comprendre cela, à ce pauvre jeune homme dont les journaux racontaient naguère le procès et le suicide, à cet excellent Ferdinand Tendou, coupable, il y a quelques dix années, d'un petit volume de vers, les *Miettes d'Amour*, et qui, s'étant rangé, avait fini par devenir un gros bourgeois, tranquille successeur du fameux Dezobry, l'éditeur de tant de livres latins et grecs *ad usum scholarum*. Oh ! oui, tranquille, mais à la surface seulement. Un jour — j'ignore le motif — sa femme plaide en séparation contre lui, et, la séparation prononcée, on le trouve pendu au lustre de son salon, devant le portrait de cette femme qu'il aimait.

Ne croyez pas que je veuille imiter la *Revue de Paris*, qui, sous prétexte de faire l'éloge de l'ex-poète, publiait, le mois dernier, une longue apologie du suicide. Nul n'a droit d'éluder sa part de souffrances, et, malgré ce qu'en dit la *Revue de Paris*, je ne pense pas que le suicide soit « une ode, » ni qu'il ait rien de poétique. Mais qu'il me soit permis de donner un regret et une larme à ce mort que j'ai connu jadis et qui me rendait, je crois, l'amitié que j'avais pour lui.

Ce fut au bureau de la *Tribune des Poètes* que je rencontrai pour la première fois Tendou. On l'y nommait communément Belligéra, pseudonyme sous lequel il publia son livre. O souvenirs de mes vingt ans, comme vous voilà déjà loin ! comme j'ai plaisir à vous retrouver, pâlissants, dans le ciel brumeux du passé !

La *Tribune des Poètes* était un recueil de vers, d'une périodicité légèrement capricieuse, que dirigeait une société d'aspirants grands hommes venus à Paris, la plupart, pour faire tout autre chose que des vers. Je fus introduit là par un de mes amis, romantique à tous crins, plein de verve et d'aplomb, tutoyant tout le monde en bon périgourdin qu'il était, collaborateur inévitable de tous les journaux qui se succédèrent en ce temps là au quartier des Ecoles. On l'appelait...... Mais chut ! C'est aujourd'hui peut-être un homme grave.

Le dieu du temple avait nom Barillot, ancien ouvrier imprimeur, alors bohème, auteur de deux ou trois volumes de poésie à la livre, qui réussit depuis à faire jouer, sur la scène de l'Odéon, une petite comédie en vers, intitulée, je crois: *Un portrait de maître.* Nous étions arrivés peu à peu à le considérer comme un génie, et lui, s'admirant de confiance, parlait sans rire de la postérité. Deux cents vers dans une nuit lui semblaient mince besogne; ce fut ainsi qu'il empila, presque sous nos yeux, un gros volume intitulé les *Vierges.* Il y avait de tout dans ce livre; les onze mille vierges y passaient. C'était la Vierge aux fleurs, la Vierge aux épis, la Vierge aux fuseaux, la Vierge aux chèvres, la Vierge aux larmes, la Vierge au souvenir, et combien d'autres : une idée heurense noyée dans une mare de rimes. Le poète nous débitait chaque jour sa grande théorie du repoussoir : le mauvais est nécessaire, car, auprès de lui, le bon paraît meilleur. Théorie commode, à laquelle j'eus d'abord quelque peine à me convertir. Mais ce diable d'homme était notre oracle, et, docilement, nous mettions au net chacune de ses pièces qu'on portait ensuite à l'imprimerie. Enfin l'ouvrage parut. Quelle ne fut pas notre joie! Illusions du jeune âge! Le livre des *Vierges* est, je pense, resté vierge chez l'éditeur du poète. Le public fut moins tendre que nous pour la théorie du repoussoir.

Nous avions pour bureaux la chambre du secrétaire de notre rédaction, Jean Du Boys, dont le théâtre Français jouait, il y a quelques mois, une comédie en cinq actes et en vers, *la Volonté.* C'était chez Du Boys que se tenaient, tous les jeudis, nos séances. On s'asseyait où l'on pouvait, c'est-à-dire sur les meubles, le secrétariat n'ayant que trois chaises dont s'emparaient toujours les premiers arrivants. Ainsi, fumant, les jambes pendantes, on écoutait de mauvais vers, et, après chaque morceau, on opinait le plus longuement possible : c'était l'entr'acte, on changeait de meuble; puis la lecture recommençait et les pipes reprenaient leur train et les jambes s'engourdissaient de nouveau.

Un jour, à mon entrée, on me fit signe de ne pas faire de bruit, me disant tout bas : — « nous avons avec nous le prophète! » — Je les crus fous; car quelle apparence que Moïse ou Elie, ou même simplement Baruch fut descendu dans les bureaux de la *Tribune*? J'allai, rêveur, poser mon chapeau sur le lit, et j'y trouvai un cylindre à poils ras, graisseux, que je n'avais pas l'habitude d'y voir. J'eus la curiosité d'examiner ce couvre chef inconnu; dans le fond de la coiffe était écrit à la main un nom : Jean Journet. C'était le prophète ! Lui , sur la chaise d'honneur — une chaise neuve — serrait fraternellement la main à tous ces rimeurs, qui l'entouraient. Je m'approchai et fraternisai comme les autres. C'était un gros homme robuste , à barbe grise mal peignée , vêtu à la diable , ses souliers ferrés noués de cordons de cuir ; en bas du pantalon la jambe nue paraissait. Il se leva tout-à-coup , et, frappant du pied , avec de grands mouvements des bras , il récita , dans une vraie fureur , des vers de sa façon ; nous les trouvâmes fort beaux, comme vous pouvez croire , ce qui nous valut d'être appelés par lui espoir de la France , intelligences supérieures, et mille autres qualificatifs dont je vous fais grâce. Puis il nous raconta sa vie , ses rêves , ses plans pour le bonheur de l'humanité.

C'était sous le gouvernement de Juillet. Etant parvenu à faire imprimer son programme de reconstitution sociale , il voulut faire connaître aux hommes ce moyen aussi simple qu'infaillible d'être heureux. Un soir que Louis-Philippe était à l'Opéra , Jean Journet entra au théâtre et, en sa qualité de prophète, grimpa au paradis. Il entendit patiemment trois actes. Au quatrième , comme tous les cuivres se préparaient à rugir , le prophète , étendant les mains vers le peuple assemblé , cria d'une voix ferme qu'il apportait à ses frères le pain de vie. Et , sur ce mot , il se mit à lancer les petits carrés de papier où était imprimé son programme , et les mille feuilles, tourbillonnant, s'abattaient sur les têtes. La foule stupéfaite s'était levée , les acteurs et l'orchestre regardaient en l'air , la pièce restait interrompue. Grâce au trouble , le prophète put descendre sans être inquiété. Mais au bas de l'escalier , voulant tirer son mouchoir , il sentit dans sa poche toute une liasse de ses programmes. Quel oubli ! Et vite il remonte, et il dispense à ses frères une nouvelle pluie de petits papiers , et il s'en va , fier de lui-même , et il trouve , dans le corridor , un agent de police qui l'emmène au poste. Un commissaire l'interroge, puis des médecins, qui l'envoient à Charenton. Alors il nous contait sa rage , son impuissance , et les douches , et la chemise de force , et toutes les tortures d'une maison de fous.

Ayant terminé son histoire , il tira de son vêtement un paquet de brochures pour le bonheur des hommes , cinquante centimes , prises au bureau. Pas si fou , le prophète ! Nous prîmes chacun notre brochure , et Jean Journet partit en nous bénissant : il était sûr de dîner ce soir-là.

Les prophètes n'étaient point les seuls que nous recevions dans notre sanctuaire. Parfois aussi de simples mortels s'aventuraient au secrétariat. Je vois encore notre unique abonné entr'ouvrant la porte d'une main timide, et reculant effaré de nous voir perchés sur nos sièges, tandis que, les genoux couverts d'un mouchoir en guise de nappe, monsieur le secrétaire déjeûnait gravement d'un pot de rillettes et d'un pain de seigle. Tantôt c'était quelque lycéen qui nous apportait ses premiers essais poétiques, et nous jetait, le malheureux ! de longs regards d'envie ; tantôt quelque illustre de la bohême venait complaisamment s'offrir à notre admiration.

Que vous dirais-je ? C'était le bon temps. Nous entrions, pleins d'enthousiasme, en ce monde de déceptions amères. Nous n'avions pas besoin de programmes, ni de prophètes pour être heureux. Où sont-ils maintenant tous ces gais compagnons de rêves et d'espérances ? L'un s'en va d'une triste mort, l'autre est notaire en quelque village, celui-ci plaide, celui-là dissèque, et Julius, l'un des moins à plaindre sans doute, se met chaque mois la cervelle à la gêne pour trouver çà et là quelque nouvelle à vous apprendre.

Faute de nouvelles, laissez-moi vous rendre compte aujourd'hui d'une petite paysannerie que M. Alfred Delvau publia, l'an passé, dans le *Monde illustré*, et qui vient de paraître en volume, sous ce titre éminemment propre à faire causer la *Revue de l'Aunis* : « Françoise, chapitre inédit de l'histoire des quatre sergents de la Rochelle. »

M. Alfred Delvau, dans ses promenades à travers les rues de la rive gauche, rencontrait toujours, sur le trottoir de la rue du Cherche-Midi, « une vieille bonne femme cassée en deux par la main brutale du temps. » — « Ce qui m'intéressait en elle, dit-il, c'était un bouquet, souvent renouvelé, que je lui voyais au côté gauche du corsage, et qui paraissait être la seule coquetterie qu'elle voulût ou pût se permettre, pauvre et vieille qu'elle était ; et cela, en quelque saison que je la rencontrasse, alors que les fleurs sont rares ou qu'elles coûtent cher. » — Vivement intrigué, et soupçonnant une histoire, il interroge d'abord les habitants du quartier, qui ne lui apprennent rien sinon que son héroïne est connue d'eux depuis longtemps, sous le nom de *la vieille aux fleurs*. Il prend le parti de la suivre, elle le conduit au cimetière Montparnasse, devant la tombe des quatre sergents de la Rochelle. Le lendemain, il la rencontre encore, la suit de nouveau, la voit s'arrêter à la même tombe. Il l'aborde enfin, réussit à la faire causer, et, comme la pauvre femme devine en lui un cœur sympathique, elle accepte volontiers une collation sous la tonnelle d'un cabaret de la barrière. C'est là que nous l'entendons raconter son histoire.

Elle se nomme Françoise. « Fille d'un petit rapetayeur de chausses de la ville de Marans, *à deux lieues de la Rochelle*, » elle gagna d'abord sa vie à servir dans quelque ferme. Mais un jour, cinq soldats du 45e de ligne — trois sergents-majors et deux sergents, — passèrent devant sa porte et son sort fut fixé. L'un d'eux était Marius Raoulx. Quel fut le deuil de la pauvre fille lorsqu'elle apprit le triste procès! Elle quitta Marans aussitôt, et s'en vint, à pied, sans ressources, dans cette grande ville de Paris où elle pensa mourir lorsqu'elle vit tomber la tête de son cher Marius. Depuis ce temps, elle garde comme une relique un bouquet qu'il lui jeta de la fatale charrette, et elle va pieusement, chaque jour, lui rendre ses fleurs sur sa tombe.

L'histoire est simple, comme vous voyez, et l'intérêt n'est pas ce qu'il y faut chercher. Pour lui donner quelque saveur, M. Alfred Delvau a jugé bon de l'écrire dans le patois de nos campagnes « qu'il ne connaît pas du tout, dit-il, étant parisien de naissance et ne parlant le saintongeais que par accident. » L'aveu n'était pas nécessaire. Je doute fort qu'aucun paysan de nos contrées comprît des phrases dans le genre des deux suivantes :

« Ne vous étonnez pas que mes souvenirs soient si peu *fallaces*, comme il arrive d'être à ceux des vieilles gens qui ont eu trop d'aventures à retenir pour en avoir retenu une seule bien *nitidement.* »

« Dévallant vitement de mon châlit *dumeté* de fougère, j'endossais ma *marlotte de panne,* et *trutt avant !* »

M. Alfred Delvau a soin d'ailleurs de prouver autrement encore que par l'aveu de son ignorance combien notre pays lui est inconnu. — « Marans, quoique petite ville, dit sa Françoise, est notée de bonne réputation, non pas tant seulement parce qu'elle est l'entrepôt des grains du département, que parce qu'on y mange d'excellentes fritures de pibales, qui sont de petites anguilles blanches pêchées là, *dans la vase de l'embouchure de la Charente, et pas ailleurs.* »

Placer Marans sur la Charente est une erreur un peu forte, excusable toutefois chez un Parisien. — Ce qui est moins excusable, c'est d'être allé prendre un style qui n'est d'aucune langue et d'aucun temps; c'est surtout, la prétendue paysannerie une fois admise, d'avoir, par endroits, détonné au point de faire parler cette villageoise comme un livre :

« J'essuyais du revers de la main, dit-elle, l'eau qui me coulait des yeux le long des joues, *et que je buvais parfois comme la lie de mon calice.* »

« Un bruit sourd courut comme un vent *sur cette mer de têtes humaines pâlies par l'émotion.* »

« Chacun frissonnait et se taisait, non par respect pour *la loi, que représentait une armée de gendarmes*, mais par compatissance au sort des victimes vouées *au couteau du boucher social.* »

Il me serait facile de multiplier les exemples. Mais à quoi bon ? Mieux vaut conclure. Françoise n'est qu'une paysanne d'opéra-comique. Renvoyons-la à Marans apprendre le patois qu'on y parle et quelque peu la géographie du pays.

VII

1er Mai 1865.

Nous y voilà enfin ! C'est lui, le désiré, c'est lui, le Renouveau, qu'ont chanté les poètes de tous les pays et de tous les temps ! Le ciel a beau faire ; la lune rousse peut rouler ses gros yeux ; qu'il vente ou qu'il pleuve ; nous n'en avons pas moins la douce chaleur printanière. L'heure a sonné : l'hiver s'en va ; permis au vieux cacochyme de pousser quelques soupirs, de verser quelques larmes à l'instant suprême des adieux.

Il y aurait toute une étude à faire, qui, je crois, ne serait pas des moins intéressantes, sur les transformations successives, aux divers âges du monde, de cet éternel thème poétique : le Printemps. On citerait d'abord l'admirable printemps du cantique de Salomon, qui semble contenir en germe tous ceux qui l'ont suivi, même les modernes avec leurs enivrements panthéïstes.

On montrerait ensuite les premiers poètes grecs peu portés à la contemplation, et donnant peu de place dans leurs œuvres à ce que nous appelons proprement la Nature. (*) Il faut une civilisation déjà raffinée pour que l'homme en vienne à peindre ce qu'il voit autour de lui, sans autre but que de peindre. Chanter les exploits des héros, faire des récits de Gestes, rhythmer des Théogonies et des cantiques, — épopée, lyrisme. — tels sont et tels doivent être les débuts de toute poésie. Plus tard, l'oisiveté s'en mêlant, l'activité des premiers jours ralentie, on regarde en soi et autour de soi : de là, les poèmes intimes comme ceux d'Anacréon ou d'Horace ; de là, les pastorales et les paysages. Théocrite, Bion, Moschus vivent sous les Ptolémées ; la campagne latine reste ignorée jusqu'à Virgile ; Jean-Jacques peut

(*) Je ne pretends pas dire qu'Homère, par exemple, ne soit un admirable peintre des choses champetres ; mais la nature n'est chez lui qu'un cadre ; le vrai tableau, c'est l'homme. Hésiode, dans Les Travaux et les Jours, a, il est vrai, deux ou trois descriptions rustiques ; mais elles y sont, en quelque sorte, inconscientes, involontaires, forcement liées aux preceptes de l'agriculteur-poete.

passer pour l'introducteur de la nature dans notre littérature française.

Réunissez dans le plus riche appartement un certain nombre d'hommes parlant la même langue. Dès la première heure ils se diront leurs origines, leur habitation, leur genre de vie, leurs actions passées ou présentes. Quand chacun aura suffisamment parlé de soi-même et des autres, alors seulement, l'entretien venant à languir, leurs regards se porteront vers les richesses qui les entourent, et ils songeront à les admirer en détail.

C'est en un siècle essentiellement raffiné qu'a été écrit le célèbre Printemps grec que je demande la permission de vous traduire, — à quoi je me bornerai, du reste, n'ayant pas la prétention d'entreprendre l'étude difficile dont je parlais tout à l'heure. C'est assez pour moi de l'avoir indiquée à de plus hardis.

« Le venteux hiver ayant fui du ciel, — la saison empourprée du » printemps fleuri est venue. — La terre sombre s'est couronnée » d'herbe verte, — et les plantes rajeunies ont étalé leurs chevelures » de feuillage. — Buvant la tendre pluie de l'Aurore féconde, — » les prés sourient, car la rose s'entr'ouvre. — Et aussi le bouvier » s'égaie, jouant de la flûte sur les montagnes, — et le chevrier se » réjouit des nombreux chevreaux de ses chèvres. — Déjà les » matelots naviguent sur les vagues profondes, — gonflant leur » voile au souffle heureux de Zéphyr ; — déjà les buveurs célèbrent » Dyonise, père des raisins, — la tête ceinte de grappes de lierre » en fleurs. — Voici qu'aux abeilles, filles des taureaux, la belle » besogne industrieuse — rend l'activité; posées le long de la ruche, » elles façonnent — les blancs rayons fraîchement distillés de la cire » aux mille trous. — Partout chante la race des oiseaux harmo- » nieux : — les alcyons sur la vague, les hirondelles à l'entour des » toits, — le cygne aux bords du fleuve, et sous le bois le rossignol. » — Puisque les plantes chevelues s'égayent et que la terre rajeunit, » — puisque le bouvier joue de la flûte et que les troupeaux aux » belles toisons sont charmés, — puisque les matelots naviguent et » que Dyonise forme le chœur de sa danse, — et que la troupe ailée » gazouille, et que les abeilles sont près d'enfanter, — comment le » poète ne dirait-il pas un mélodieux poème au printemps ? »

Ainsi chantait, il y a près de deux siècles, un gracieux poète, Méléagre, l'un des meilleurs entre les moindres de la Grèce. J'ai voulu traduire ici sa pièce pour célébrer à ma manière le retour de la saison fleurie ; et maintenant que j'ai payé mon tribut d'hommages au dieu Printemps, occupons-nous, si vous le voulez bien, des hôtes plus ou moins séduisants que ce dieu nous amène. Un mot des artistes de la troupe lyrique.

Tous nos journaux Rochelais se sont évertués à formuler leur appréciation sur chaque sujet en particulier. Pour être plus bref et non moins vrai, bornons-nous à dire que, M. Guillot et sa femme mis hors de cause, la troupe entière est d'une faiblesse indiscutable. Le public, amorcé par le souvenir des trois ou quatre dernières saisons, a couru, dès le début de cette campagne, s'inscrire en masse sur la liste d'abonnement. Mais vienne le second mois : la direction saura ce que c'est qu'un désert. Grâce à des sifflets courageux, grâce à un assez bon nombre de signatures au bas d'une pétition à l'autorité municipale, M. Viard, premier ténor, et Mme Alrit, première chanteuse légère, ont du s'entendre remercier par le directeur. Ce résultat, heureux par lui-même, semble pourtant insuffisant de tout point. Si j'avais le triste honneur d'être en possession du privilège — lisez permission — de la scène rochelaise, je prierais d'abord Mme Pons-Jolly, dugazon, de vouloir bien *céder à la même force majeure* que M. Viard et Mme Alrit. Tout en louant la belle voix de mon baryton, M. Wilhelm, je lui conseillerais, de chanter juste et en mesure, de respecter la musique des maîtres et de n'y plus substituer la sienne. J'engagerais mon deuxième ténor à ne plus jouer la *Fille du régiment* et je lui retrancherais, au tableau de ma troupe, le titre de *premier ténor au besoin.* Je dirais à Madame Viard, forte première chanteuse, qu'elle est charmante, ce qu'elle sait bien sans doute, et mes compliments au point de vue plastique feraient passer mes critiques au point de vue musical. J'exhorterais enfin mes dames des chœurs à rafraichir leur garde-robe, et j'adjoindrais au moins un caporal à mes quatre hommes. Vit-on jamais pareille misère ? Oui ! quatre écossais pour chanter : « *Sonnez, cors et musettes !* » Quatre castillans pour chanter : « *qu'il reste seul* (une, deusse, troisse) *avec son déshonneur !* » Rendons leur justice : ils s'égosillent, les pauvres diables, et hurlent en conscience. César, l'un des quatre, les mène bravement. Mais que peut César avec trois hommes? Son aïeul avait une armée quand il vint chez nos ancêtres, les Gaulois.

Voilà comment j'agirais, si j'étais directeur du Théâtre de la Rochelle : car de quoi j'aurais peur surtout, ce serait de voir un beau jour mes loges vides. Aussi me défierais-je des conseils de partisans trop chauds qui, confondant avec quelques exaltés la majorité calme mais ferme du public, parlent à tout propos d'opposition de parti pris, et de gens qui jugent sans entendre. Qui jugent sans entendre ! En est-il ? Je l'ignore ; mais s'il en est, vraiment je les trouve trop heureux de n'entendre pas.

Pour ce qui est des manifestations, *manibus et gulâ,* dont une partie de la salle a cru devoir régaler l'autre, vous comprendrez, je suppose, que je n'en veuille rien dire ici. —Ce n'est nullement question d'art et ces ridicules violences ne sont pas du ressort de la critique : la police seule aurait quelque chose à y voir.

VIII

15 Juin 1865.

Notre théâtre est enfin fermé. La troupe lyrique s'en est allée brusquement, sans même nous faire la politesse d'une représentation d'adieu ; mais personne, croyons-nous, ne songe à s'en plaindre. Trois ténors, MM. Viard, Achard et de Quercy, deux premières chanteuses, Mmes Alrit et Ismaël, ont successivement paru devant un public indifférent et froid jusqu'à l'injustice. Dès la seconde série d'abonnement, stalles et parterre, loges et galerie avaient perdu le plus grand nombre de leurs habitués. *Rigoletto* seul a eu le privilège de repeupler un instant la salle.

Nous trompons-nous? Cette combinaison théâtrale, qui nous condamne à deux mois d'opéra forcé, semble avoir fait son temps à la Rochelle. On ne se soucie plus guère de s'aller enfermer, juste au lendemain de Pâques, au temps des tièdes brises et du naissant feuillage, dans une boîte étroite et sans air, devant des arbres de carton, pour entendre des pièces connues, rabâchées, toujours les mêmes, chantées par de médiocres artistes. Ce qu'il faudra maintenant pour secouer notre torpeur et réveiller notre passion musicale que la direction présente a si profondément endormie, ce sera, ou une troupe d'*étoiles*, ou un répertoire nouveau. A ce prix seulement reviendra le succès. Avis au directeur pour la saison prochaine.

Voici, en attendant, les bains du Mail ouverts, et les bains Jaguenaud tranformés en bains Richelieu. L'administration du premier de ces établissements annonce, comme toujours, les plus charmantes soirées : bals, concerts, fêtes nautiques, illuminations plus ou moins vénitiennes, — plaisirs des yeux, des oreilles et des jambes. — Ne pourrait-on varier le programme et y introduire quelques-unes de ces fêtes de l'intelligence, de ces conférences littéraires qui sont devenues une mode partout ailleurs qu'à la Rochelle? Notre bonne vieille ville a, de temps en temps, l'honneur de posséder quelques-uns des plus aimables causeurs de la rue de la Paix, et il ne serait peut-être pas difficile d'obtenir d'eux, au passage, un petit entretien par charité.

C'est ici le lieu de rappeler la conférence dont l'œuvre de la statue de Bernard Palissy a été le prétexte, ces jours passés, dans la grande salle de la Bourse; de dire avec quel esprit, avec quel charme, le secretaire de la commission, M. Audiat, professeur à Saintes, a raconté la vie et les malheurs de son héros; d'applaudir aux gracieux vers que deux de nos honorables collaborateurs ont bien voulu lire pour varier la séance.

J'ai sous les yeux, en ce moment même, une brochure de M. Audiat. C'est une étude sur un poète du XVIe siècle, parfaitement inconnu aujourd'hui, André-Mage de Fiefmelin, né à l'île d'Oleron. J'y trouve, à forte dose, les deux qualités que l'auteur nous avait déjà fait apprécier dans sa dissertation sur Bernard Palissy : érudition, esprit. Le dirai-je? trop d'esprit. Cette brochure est le premier volume d'une série dont le deuxième est la biographie de l'illustre potier saintongeais. La série a pour titre : *les Oubliés.* Qui aurait pensé qu'on pût ranger Palissy dans la catégorie des oubliés? Beaucoup ignorent, il est vrai, les détails de sa vie; mais tout le monde, j'imagine, sait son génie et sa gloire. Il n'est nul besoin de le réhabiliter, et il me semble souverainement injuste d'accoler à ce nom célèbre le nom obscur d'un poète que nulle brochure au monde ne saurait tirer de l'oubli dont il est digne.

Je n'ai point lu, je l'avoue, les œuvres de Fiefmelin. Mais M. Audiat, qui en donne de nombreuses citations, doit évidemment reproduire les meilleurs passages de son poète. Or, de tous ces vers, le plus grand nombre n'a de remarquable qu'une certaine sagesse de style — prononcez platitude — telle que Ronsard la reprochait à Bertaut.

M. Audiat croira peut-être que je suis de ceux qui font naître la poésie française avec Malherbe, et qui trouvent mauvais qu'un auteur du XVIe siècle ne parle pas la même langue que ceux du XVIIe. Non : ce n'est point en moderne, en ennemi du vieux langage, que je juge si sévèrement Fiefmelin. Je me place, par la pensée, aux premières années du règne de Henri IV : la pléïade a disparu, Desportes vieillit tranquille en son abbaye de Bonport, Régnier suit glorieusement « le grand chemin que son oncle lui apprit. » C'est alors qu'au fond de notre province Fiefmelin, échauffé par la lecture de ces illustres modèles, devient leur pâle imitateur. Imitateur et rien de plus, quand il n'est pas un effronté plagiaire. Exemple :

« Il adresse à Desportes, dit M. Audiat, les vers suivants d'un » style et d'une mélancolie charmante. *Son maître n'en a pas de » meilleurs*, et ils seraient bons en tout temps : »

De mes ans la fleur passe, et ma vigueur se fond :
Ja mon sang sans chaleur ne bout plus dans mes veines.
Mes beaux jours m'ont laissé faible entre tant de peines,
L'œil cave, le teint pâle, et tout flétri le front.
. . . .
Adieu donc, faux amours, joies et beautés vaines !
. . . .

Je regrette de n'être pas du même avis que M. Audiat. Malgré la bonté de la strophe de Fiefmelin, « son maître, » c'est-à-dire Desportes, me paraît « en avoir de meilleures : » les voici :

De mes ans la fleur se déteint :
J'ai l'œil cave et pâle le teint :
Ma prunelle est toute éblouie ;
De gris blanc ma tête se peint,
Et n'ai plus si bonne l'ouïe :

Ma vigueur peu à peu se fond :
Maint sillon replisse mon front ;
Le sang ne bout plus dans mes veines ;
Comme un trait mes beaux jours s'en vont,
Me laissant faible entre les peines.

Adieu, chansons ! adieu, discours !
Adieu, nuits que j'appelais jours,
En tant de liesses passées !
. . . .

Le style et la mélancolie de Fiefmelin ressemblent un peu trop, convenez en, au style et à la mélancolie de Desportes. Voilà ce qui s'appelle voler son maître. Il me serait trop facile de multiplier les citations, de montrer le peu d'originalité du poète qu'a choisi M. Audiat pour héros, de l'écraser en le comparant à Ronsard ou à

Dubellay. Mais il faut se borner ; je me contenterai donc, pour montrer ce que j'entends par bons et mauvais vers au XVIe siècle, de faire faire au lecteur la comparaison entre ces deux strophes sur l'amour : la première, de Fiefmelin :

Amour darde ses traits jusqu'au sein de Thétis,
Et son feu brûle en l'eau les bourgeois d'Amphitrite.
Il fond, dans l'air volant, sur les oiseaux craintifs,
Et se fait craindre en l'Orque, au Lethe, et au Cocyte.

la seconde, de Desportes :

En la grandeur des cieux, en l'air et en la terre,
Et en toutes les eaux que l'Océan enserre,
Il ne se trouve rien qui n'en soit agité :
Le poisson, au printemps, le sent dessous les ondes,
Les ours et les lions, aux cavernes profondes,
Et l'oiseau mieux volant n'a son trait évité.

IX

LE MUSÉE DE PEINTURE

1er Juillet 1865.

Nous laisserons de côté, si vous voulez bien, les tombes à inscriptions hiéroglyphiques, les tuiles romaines, les vases romains sous forme de cruches, et autres monuments de l'archéologie locale, et nous monterons, sans plus attendre, le large escalier de pierre que nous trouvons devant nous. J'oubliais de vous dire que nous sommes à la Bibliothèque et que nous allons visiter le Musée de peinture. Car La Rochelle possède, depuis environ deux mois, un musée de peinture, un vrai musée, où les tableaux sont admirablement éclairés. Autrefois, vous le savez, ils étaient enfouis, pêle mêle avec les livres, dans les salles du premier étage. On les voyait comme on pouvait, c'est-à-dire fort mal, grâce aux mauvaises expositions et aux faux-jours. Mais voici qu'on a, pour eux, exhaussé l'édifice d'un étage, et aujourd'hui ils ont une salle à eux, bâtie et aménagée tout exprès pour les recevoir, disons le tout de suite, fort bien aménagée. Nous sommes au premier. Une inscription d'un goût douteux, sur un panneau de bois gris, nous indique que le musée est au-dessus. Nous montons encore et entrons enfin dans une longue galerie où la lumière vient d'en haut par un vitrage. Les toiles y sont habilement disposées sur fond sombre. Une balustrade, tout autour, les protège et permet de s'appuyer pour regarder de près les plus basses.

Le regard est attiré, dès l'entrée, par un grand tableau aux couleurs éclatantes (nº 16) : « *Tout passe* », de M. Omer Charlet. Cette œuvre, une des plus *réussies* que nous connaissions du peintre, a le défaut de toutes les compositions allégoriques, la froideur ; mais, le genre admis, elle se distingue par de sérieuses qualités. Le groupe du premier plan, qui offre un assemblage au moins étrange de costumes, présente, gracieusement couché au bord de l'eau, un jeune homme des plus antiques entre deux femmes vêtues, s'il m'en souvient, à la moderne. Les deux têtes de femmes sont assez belles, il est vrai ; je leur préfère pourtant la bacchante qui est à gauche du groupe. Rien de plus douloureux que ce regard terne et fixe qu'on peut indifféremment attribuer à l'hébêtement où au regret. Le festin a cessé, le plaisir s'en est allé, et voilà tout ce qui reste. Cette bacchante est assurément le morceau le mieux traité de l'œuvre. Le vieillard qui lit, auprès d'elle, me semble de beaucoup supérieur au Saint-Barthélémy du même auteur. Voilà du moins un vrai vieillard ; je vois des rides aux mains et au visage ; la peau se tanne, le crâne reluit avec des reflets d'ivoire ; ce n'est plus ce solide gaillard frais et rose qu'on nous dit être Saint-Barthelémy et que je ne regarde jamais sans avoir envie de chanter, comme dans la *Dame-Blanche :*

Un beau jeune ho-omme.....
Un beau jeune ho-omme.....

Mais le vieillard du tableau profane n'est qu'un savant, et Saint-Barthelémy est un grand saint. Peut-être est-ce là le secret de leur différence physique. M. Omer Charlet aura voulu montrer l'excellence de la sainteté pour vous conserver un homme : *mens sancta in corpore sano.*

Le musée possède une autre grande toile du même artiste. Celle-là couvre le panneau de droite tout entier. Elle représente, dit le livret (nº 15), *Un épisode du siège de la Rochelle en 1628.* L'auteur, qui, nous l'avons vu, semble avoir un faible pour l'anachronisme, a hardiment choisi comme lieu de la scène l'escalier actuel de l'Hôtel-de-Ville. C'est là qu'il a groupé des personnages bleus et jaunes, presque tous plus gros et plus laids que nature, autour du maire, Jean Guiton, la seule figure qui ait une vraie valeur dans le tableau. Comme on aimait le jaune et le bleu, en ce temps là, à la Rochelle, et, sans trop nous flatter, comme nous sommes plus jolis que nos pères ! On m'objectera que tous les personnages du peintre sont mourants, à quoi je répondrai avec l'inexorable organe du bon sens :

Il n'est pas de *mourant*, ni de monstre odieux,
Qui, par l'art imité, ne puisse plaire aux yeux

C'est dans un coin, à côté de cette œuvre trop en vue, qu'on a placé l'excellent tableau, autrefois à la Bourse, *Saint Louis recevant la couronne d'épines* (nº 12) par Carême. Le saint roi à genoux tient un coussin de velours rouge sur lequel est posée la couronne que vient de lui remettre un guerrier grec. Les costumes sont du temps de Louis XIII plutôt que de Louis IX ; mais les figures sont belles, les personnages bien posés, bien éclairés et d'une bonne couleur.

Il est une autre toile que nous voudrions voir transporter, de l'établissement où elle gît inutile et obscure, dans notre Musée, sa vraie place. C'est, est-il besoin de le dire ? l'*Adoration des Bergers* de Lesueur. Une bonne copie de M. Abel de Pujol fils ne peut, malgré son mérite, nous faire oublier qu'à deux pas de nous est le chef-d'œuvre.

En face du Guiton de M. Omer Charlet, sur le panneau de gauche, est le dernier envoi du gouvernement : (nº 1) *Germanicus sur le champ de bataille de Varus*, par M. Abel de Pujol. La *Revue* a publié, l'année dernière, un article spécialement consacré au tableau du célèbre peintre. Je me borne à y renvoyer le lecteur, et je m'arrête de préférence à la toile, de proportions plus modestes, qui est à côté : *Virgile lisant l'Enéide à Auguste chez Mécène* (nº 19). Le peintre a bien compris que ce qui doit nous intéresser le plus ce n'est pas celui qui lit, ce n'est pas le poëte, ce sont ceux qui l'écoutent. Aussi, tous les personnages, Virgile lui-même, sont-ils sacrifiés aux trois principaux auditeurs : Auguste, Livie, une esclave. Tout le reste est dans l'ombre, indiqué seulement, d'une teinte presque uniforme et pâle ; Virgile semble une statue, avec ses tons pierreux, grisâtres ; mais regardez ce groupe, devant le poëte. Voici la lumière, la couleur, l'expression, la vie ! C'est Auguste, vu de face, magnifique tête où les soucis de l'empire ont gravé leur sévère empreinte ; c'est Livie, à demi couchée sur un lit antique, noble profil, beauté patricienne, que relève encore, par un heureux contraste, le voisinage du piquant minois de l'esclave préférée. Il est une autre physionomie que le peintre, à mon gré, a trop laissée dans l'ombre : c'est celle du maître de la maison, de Mécène. Quand on évoque ce grand souvenir de Virgile et de l'Énéide, Mécène a droit, il me semble, aux honneurs du premier plan. M. Dœrr a craint, sans doute, en accusant un peu plus les traits du ministre d'Auguste, de nuire à l'unité d'action, de trop diviser l'intérêt ; n'aurait-il donc pas pu grossir son principal groupe d'un quatrième personnage, dont l'attention, non moins grande que celle du prince, mais avec une nuance de satisfaction plus intime, eût fait, au contraste des deux figures féminines, un pendant, auquel, je pense, l'œuvre n'aurait rien perdu ?

Non loin du Virgile de M. Dœrr, est un paysage de M. Baudit (nº 6), *La dent du Midi. Vallée du Rhône à Vouvry (Bas Valais).* Des montagnes dont la chaîne se perd sous la brume ; à leur pied une prairie ; dans la prairie, deux ou trois vaches ; c'est tout. Mais la prairie vit et tressaille ; mais les montagnes sont baignées de vapeurs et de lumière ; mais le ciel est à lui seul tout un paysage. Voilà ce qui fait de cette œuvre un des meilleurs tableaux du musée. Je cite à la suite, comme remarquables dans le même genre : une belle étude de M. Grenet (nº 30), *Vue prise dans la forêt de Fontainebleau,* et une jolie toile de M. Lefort, donnée par M. Ch. Fournier, *Le chemin creux* (nº 39).

Saluons, au passage, la *Prise du Kent par la Confiance dans le golfe du Bengale* (nº 26), marine très-verte, assez médiocre, mais signée d'un nom connu, Louis Garneray, et un excellent portrait, le meilleur du musée, notre compatriote *Valin* (nº 49), œuvre d'Hyacinthe Rigaud, si l'on s'en rapporte au livret, qui n'en est pas bien sûr, je crois.

Une chicane au livret.

Je m'arrête devant le nº 44, qui représente une dame, pour le moins duchesse ou marquise, couchée en robe d'or, un perroquet au poing, au milieu des rocs les plus sauvages. Une croûte, diraient les gens qui

. . . . . savent mal farder la vérité.

Je cherche, au catalogue, le nom du boulanger, et savez-vous ce que j'y trouve ? — Nº 44. *La dame au perroquet.* Attribué à Mignard ! ! ! — O Pierre Mignard, toi dont Molière n'a pas dédaigné de chanter la gloire, peintre charmant de la *Vierge à la grappe,* qui poussas la grâce jusqu'à la *mignardise,* à quoi sert donc que tu aies été, malgré tes défauts, un grand artiste, si l'on peut t'attribuer sans plus d'égards cette affreuse poupée et son affreux oiseau ?

Une fois lancé dans la voie des conjectures, le livret ne s'en tient pas là. Ce mauvais tour joué à Mignard est, il est vrai, sa plus grande hardiesse : ce n'est pas la seule. Voici le nº 50, *Une tête de vieillard*, attribuée à Rembrandt. Voici le nº 58, l'*Alchimiste,* attribué à Vélasquez. Les deux tableaux sont bons, il faut le reconnaître. Mais qui voudrait affirmer que Rembrandt et Velasquez en soient les auteurs ? Ont-ils signé ? A-t-on des preuves ? Connaît-on l'historique de ces deux toiles ? La tête du vieillard a, je l'avoue, des tons lumineux comme Rembrandt les aime ; mais les imitateurs manquent-ils donc ? L'alchimiste est bien aussi dans la manière espagnole, mais d'une touche plus heurtée que celle de Velasquez. Les noms de Ribeira, de Zurbaran viendraient au bout de ma plume, si je ne craignais pas d'offenser ces grandes ombres. De même, dans *Le marchand de gâteaux* (n° 35), attribué à Jordaens, la tête de l'homme assis qui tend la main au vieux marchand rappelle beaucoup moins les types bouffis de Jordaens que les types nerveux du Titien. Maigre peinture ! aurait sans doute pensé le flamand devant cette toile, qu'on lui attribue. Jordaens, en effet, c'est le peintre gras par excellence. Nulle part plus que dans ses œuvres on ne rencontre ces *cascades de chair* qui plaisent tant à ses compatriotes ; Rubens lui-même a moins d'exubérance. Ces réserves faites, avec tout le respect qu'on doit à un catalogue officiel, il faut avouer que le *marchand de gâteaux*, qu'il soit ou non de Jordaens, est un des bons tableaux du musée. Le vieux marchand, vu de profil, est fort bien traité, et l'homme assis dont j'ai parlé déjà vaut à lui seul tout le reste ; la couleur est d'un ton chaud et ferme qui fait songer à l'Italie plutôt qu'à la Flandre. Si ce n'est pas une œuvre de maître, comme le livret voudrait le faire croire, c'est au moins de la vraie et forte peinture.

En face de ce trop hypothétique Jordaens est une *Vénus* (n° 63) pour laquelle, à tort ou à raison, je me sens une prédilection singulière. Le peintre l'a-t-il mal posée ? L'a-t-on simplement encadrée de travers ? Toujours est-il qu'il lui serait impossible, telle que la voilà, de garder l'équilibre, de ne pas donner du nez sur son cadre. Malgré cela, pourtant, j'aime la gracieuse déesse, prête à lancer la flèche quelle vient de dérober à son fils ; et lui, l'Amour, joli enfant, debout contre elle, réclame son bien et veut percer lui-même la victime désignée. L'auteur inconnu de ce groupe charmant semble s'être inspiré à la fois du Primatice et d'André del Sarte. Au premier il emprunte la sveltesse des formes, l'élégance raffinée : au second, le type même de Vénus.

Un coup d'œil, en passant, au *Portrait de la Duchesse d'Angoulême* (n° 38), par Robert Lefèvre. Pose naturelle, tons de chair bien vivants, bons accessoires, tableau remarquable, quoique inférieur au Valin.

Nous voici en face d'une des plus belles œuvres de la collection rochelaise, les *Vaches dans un paturage hollandais* (n° 37), par

Jan Kobell. Au premier plan, un groupe de trois vaches : l'une, noire et blanche, couchée, vue de croupe ; l'autre, blanche et rousse, debout, presque de face, et la troisième enfin, toute noire, à moitié cachée par les deux autres. A deux pas d'elles, dans un coin du tableau, la maison ; des arbres l'entourent. En arrière, le reste du troupeau paît le long d'un ruisseau tranquille et clair ; une des vaches est penchée, en train de boire. Deux paysans, l'un assis contre un poteau, causent en gardant leur bêtes. D'autres, un peu plus loin, conduisent un charrette chargée de foin. Et partout les mulons sont entassés, et l'œil s'égare à perte de vue dans cette prairie d'un vert tendre baignée d'une transparente lumière. Pourquoi faut-il que le regard, charmé par cette paix du labeur champêtre si bien rendue, soit troublé dans sa joie par le gros pigeon blanc que le peintre a si lourdement suspendu au premier plan de son ciel ?

Autre prairie : autre verdure. Celle-là, d'un ton cru et lourd sous un ciel morne. Le paysage ici est évidemment sacrifié. Le vrai tableau, ce que le peintre veut que nous regardions, c'est ce groupe d'enfants délibérant autour d'une brebis malade. *La consultation* (nº 42), tel est le nom de cette délicieuse scène dont l'auteur est M. Luminais. Ils sont six ; la brebis couchée à leurs pieds. L'aînée de la troupe, une petite fille en bonnet rouge, à genoux, tient à la main un paquet d'herbe qu'il s'agit d'employer comme remède. En face d'elle, un jeune gars accroupi semble présider la séance ; c'est l'homme habile, le *docteur*. Les autres gamins, diversement posés, contemplent la malade, et il n'est pas un de ces graves personnages qui n'ait sa physionomie bien distincte. L'enfant au panier, surtout, vu de face, légèrement incliné en arrière, est magnifique d'attitude et d'expression.

A côté du Luminais, est un de ces tableaux à fortes oppositions de tons qui attirent l'œil invinciblement. Ce sont les *Bohémiens* (nº 59), de M. Achille Zo. La nuit arrive ; les hauteurs sont encore couronnées d'une blanche lumière. Derrière un rocher, dans une nuit bleuâtre, la bande vagabonde entoure la marmite où bout le souper. Visages tannés, regards farouches, costumes bizarres, tout est d'une âpre réalité. Le site lui-même est comme ses hôtes, sauvage.

Nous voici arrivés au terme de notre artistique promenade, et nous n'avons pas encore parlé des toiles à signatures rochelaises. C'est qu'en effet elles sont en petit nombre, et la plupart de peu de valeur. Quand j'aurai signalé un gracieux paysage de M. Jules Chandelier, *Le gué* (nº 14), — les *Cavaliers arabes* (nº 23) de M. Fromentin, esquisse de maître, — et, moins pour le mérite de l'œuvre qu'à cause du nom de l'auteur, l'*Ulysse reconnu par sa nourrice* (nº 5) de M. Bouguereau, j'aurai tout dit. Il est regrettable qu'absorbés par des pensées plus hautes, nos compatriotes n'aient pas songé un peu plus souvent au musée de leur ville natale. Artistes avant tout, pleins de tendresse pour leurs ouvrages, ils craignaient sans doute de se voir mal exposés, estropiés par une lumière perfide, dans ces salles du premier étage où l'on enfermait jadis leurs modestes envois. Nous comprenons trop bien de telles craintes. Mais désormais elles n'ont plus de motif, et nos Rochelais, il faut l'espérer, voudront se montrer à nous dans toute leur gloire.

X

1er Novembre 1865.

Adonc, vers ce tems, vint à la Rochelle le sieur Fillion, pour faire la montre d'un grand homme, lequel, convalescent, monta sur les tréteaux du théâtre, et déroula, devant le peuple assemblé, nombre d'histoires moult plaisantes et authenticques, vous m'entendez. Et le grand homme avoit promis la part des pauvres et souffreteux, comme de droict; ains dévalla ledict Fillion, sans bourse délier. Ce que voyans, les premiers de la ville escrivirent au grand homme, qui escrivit à son amy, qui escrivit aux premiers de la ville, leur promettant de nouveau belle et grosse somme; et l'apporta bientost luy-mesme, estant revenu à la Rochelle solliciter la direction du théâtre. Mais il advint que de ce partement trop hastif un grand bruict avoit été faict parmy le public, et les journaulx avoient mené la ronde. Etait-ce péché? De quoy s'offensa grandement ledict sieur, et brusquement se départit, rompant les pourparlers commencés.

— Que nous conte là ce Julius? C'est de l'histoire ancienne; autant vaudrait nous dire l'assassinat d'Henri IV.

— J'arrive à la moderne. Les pourparlers avec M. Fillion rompus, l'administration municipale choisit, entre une vingtaine de concurrents, dit-on, M. Blot-Dermilly, dont la troupe a débuté la semaine dernière. Voulez-vous en savoir mon avis? Mon ami Z..... me conseille d'attendre encore pour bien juger. Attendre quoi? que je n'aille plus au théâtre? Car c'est assez d'un soir, et l'on ne m'y prendra plus. O trois et quatre fois heureux les habitants d'Esnandes, qui dès neuf heures sont dans leur couche rustique, et n'ont pas besoin, pour passer leur soirée, d'aller voir de pauvres diables mal vêtus se démener en beuglant sur quelques planches mal jointes, à la lueur d'un gaz avare! Nous, vaniteuses gens d'une petite ville de province, nous serions déshonorés vraiment si nous nous couchions comme les poules. Il faut veiller jusqu'à minuit! Et l'on s'en va bâiller au cercle, dormir au théâtre, lorsqu'il serait si bon de demeurer au coin de son feu, enfoncé dans un grand fauteuil, la lampe allumée, avec un livre ami sur les genoux !

J'étais, un de ces derniers soirs, dans cette position que je vous conseille, lisant des vers, des vers charmants, qu'on m'avait envoyés le matin du pays des truffes. Oh ! oh ! Vous souriez à ce mot, vous songez que voici l'hiver, la saison des diners; un vague parfum périgourdin monte jusqu'à vous. Quelle odeur ! Humez-vous ? Bon ! votre cœur s'émeut, votre esprit tourne à l'indulgence; demeurez : vous voilà au point qu'il me faut; car c'est encore de vers que je veux vous parler.

Le volume a pour titre *Le temps jadis*, le poète est M. Ferdinand Pouyadou, de Périgueux, dont la *Revue* insérait naguère des traductions d'Horace. Ce petit livre, dit M. Pouyadou dans sa pièce-préface.

Ce petit livre n'est pas fait
Pour s'en aller chez un libraire.
L'auteur craindrait qu'il ne sût plaire
Pour l'argent que l'on y mettrait.
. . . .
Il est fort mince de science,
N'ayant pas besoin d'avenir;
Il n'attend rien de l'espérance,
Mais seulement du souvenir.

Et c'est le Souvenir qui répond à l'appel du poète; car Julius a vu éclore, au *temps jadis*, le plus grand nombre des pièces qui composent le recueil de M. Ferdinand Pouyadou. Ces poésies ne sont point d'hier; elles sont nées presque toutes aux belles heures de jeunesse que nous gaspillions si largement sur le pavé de Paris, et la plupart, nous apprend l'auteur, « ont paru autrefois dans divers organes de la petite presse parisienne : *la Tribune des Poètes*, *le Rabelais*, *la Voix des Écoles*, *le Diogène*, *le Gaulois...* » Je soupçonne même l'une d'elles, *la Muse de Molière*, d'avoir été lue à l'Odéon un certain jour anniversaire de la naissance du grand comique. Ce n'est pas la meilleure, à vrai dire : l'officiel porte malheur aux poètes ; la tâche imposée les inspire rarement ; c'est de leur propre fonds qu'ils tirent leurs inspirations les plus heureuses. Aussi, disons-le bien vite, M. Pouyadou, mal à son aise dans les sujets officiels, se retrouve avec toute sa force dans quelques-uns qui sont loin de l'être. Je cite comme exemple la pièce intitulée *Virgo* :

Elle a, depuis Brutus, depuis Philopœmen,
Sans jamais se souiller d'aucun impur hymen,
Vu passer devant elle une cohorte immense
De trônes et de rois pesés dans sa balance,
Et chacun des tyrans, la nuit, quand il rêvait,
Trembla de la trouver veillant à son chevet.
Elle va lentement, et la main étendue
Comme pour retrouver une route perdue,
Qui doit, de maux en maux, de soupir en soupir,
La conduire à son but, l'immuable avenir !
Sa taille est élevée et son allure étrange,
Sa tunique de lin pure de toute fange ;
Son œil est plein d'amour, son front de majesté ;
Pour trône elle a les cœurs, pour nom : la liberté !

« Il faut, dit M. Pouyadou dans les quelques pages de prose qui précèdent ses poèmes, il faut, pour arriver au rayonnement du succès, porter l'*aes triplex circa pectus* dont parle Horace, et avoir le *quelque chose là* d'André Chénier. Dans ce monde (le jeune monde littéraire), l'orgueil de soi-même est une vertu, mais la médiocrité est un vice. Trop souvent on y voit accouplés la médiocrité et l'orgueil, parce qu'il en est bien peu qui veuillent s'avouer trop faibles et qui se retirent. Ce que j'ai fait. » Certes, la pièce qu'on vient de lire est pour faire regretter cette retraite du poète. Il a bien *quelque chose là,* celui qui trouve de pareils accents et son abstention présente ne prouve qu'une chose : c'est qu'il joint à son énergique talent la modestie qui sied à la force. Citons encore les deux beaux sonnets que le poète intitule : *Les larmes.*

I

Chaque fois qu'ici bas, jetant à l'espérance
Un long dernier adieu dans un dernier soupir,
Un mortel s'en revient, et que de son absence
La cloche dans les airs se met à retentir,

Il se fait entre tous un douloureux silence ;
Chacun fouille en son cœur quelque vieux souvenir,
Ses plus et mieux aimés aux jours de l'existence
Voudraient fuir avec lui vers le sombre avenir.

Hé bien ! gardons nos pleurs pour quand de la jeunesse
Meurt une illusion, et que l'enchanteresse
Qui rayonnait au cœur prend son vol et s'en va ;

Car tous les jours le nid se vide, et puis vient l'heure
Où nous restons ainsi, solitaire demeure,
L'âme n'ayant plus rien de ce qu'elle rêva.

II

Mais où donc fuyez-vous ? quel souffle vous enlève,
Anges inspirateurs des printemps amoureux ?
Vous retrouve-t-on pas au doux pays du rêve,
Par delà l'horizon et les nuages bleus ?

Quand vous l'avez bercé, l'homme vous suit sans trêve ;
Quel souffle a dispersé vos tourbillons joyeux ?
Combien restent encor, plein de vie et de sève,
Et que vous saluez des éternels adieux !

Hélas ! l'illusion qui nous effleure et passe,
L'homme dont l'agonie a sonné dans l'espace,
Peut-être se sont joints aux pays inconnus ;

Mais de celui qui tombe, ou de celui qui reste
Vivant, déshérité de tout espoir céleste,
Ce n'est pas le premier qu'il faut pleurer le plus.

Je borne là mes citations, que je me suis plu à prolonger, non pas pour donner au lecteur l'envie de connaître le reste et d'acheter le volume, car le recueil de M. Pouyadou *ne se trouve pas en librairie,* mais pour faire partager à tous le regret que j'éprouve de savoir muette désormais une voix qui chantait de telles mélodies. O poète, puissent ces lignes d'un ami te rendre un peu de courage et de confiance en toi-même, ou si tu veux décidément garder le silence, qu'elles te portent du moins ce que tu aimes : un souvenir du temps jadis.

SAINTE-BEUVE.

NOUVEAUX LUNDIS.

1er Janvier 1864.

J'ai commencé par trop aimer Sainte-Beuve ; je l'aime encore, quoique avec moins d'entraînement ; je me trouve donc heureux d'avoir une occasion de parler de lui aux lecteurs de la *Revue*. Le second volume de ses *Nouveaux Lundis* vient de paraître. Je veux essayer de dire quels sont les qualités et les défauts du livre, et étudier, dans la mesure de mes forces, l'homme lui-même d'après ses ouvrages. C'est promettre beaucoup, et j'ai besoin d'abord de réclamer l'indulgence pour l'apprenti jugeant son maître.

Sainte-Beuve, né aux premiers jours du siècle, est de cette génération qui a produit le fameux *Cénacle* dont il parle en maint endroit. Hugo, Louis Boulanger, les deux Deschamps, Vigny furent ses premiers compagnons d'art et de vagues espérances. C'est, sans nul doute, de cette poétique origine que lui sont venus l'amour de la forme, la fraîcheur, la vivacité qui nous charment dans ses écrits du bon temps. Ami de poètes, poète lui-même au début, il lui est resté ce petit signe auquel on reconnait les amants de la muse : « Il y a tel jour, disait-il à l'ouverture de ce cours de poésie latine que les étudiants d'alors ont sifflé, — les barbares ! — il y a tel jour où, lorsqu'il s'agira d'une image poétique de Virgile, d'Apollonius de Rhodes ou d'Homère, et de la comparaison à établir entre eux, il pourra m'arriver d'être vif et de paraître passionné. Vous voudrez bien me le pardonner, messieurs ; j'ai mis là, depuis longtemps, ce qui me reste des ardeurs de l'esprit. »

Ses poésies, qu'on a récemment rééditées avec un grand luxe, ne sont pas la partie la moins originale de ses œuvres ; je n'en connais guère auxquelles puisse mieux s'appliquer l'épithète d'*intimes*, qu'on a tant prodiguée de nos jours. Sainte-Beuve, comme poète, tient son rang à part dans la pléïade de 1830. Tandis que l'un, dérobant aux dieux leur tonnerre, planait comme un aigle sur les sommets du sublime, qu'un autre, disciple heureux d'André Chénier, mêlait la majesté sobre à la grâce, lui, causeur sans emphase, laissait trotter son vers boiteux, d'allure prosaïque, analysant, sans qu'on y prît garde, les plus subtiles sensations de l'âme humaine. Lui-même, du reste, caractérise excellemment son procédé poétique, lorsqu'il dit, en parlant de Maurice de Guérin, l'écrivain ténébreux mais profond du Centaure : « Il use habituellement et de préférence d'un vers que je connais bien, pour avoir essayé, en mon temps, de l'introduire et de l'appliquer : l'alexandrin familier, rompu au ton de la conversation, se prêtant à toutes les sinuosités d'une causerie intime.... Il croit qu'on peut tirer grand parti de ce vers alexandrin, qui, bien manié, n'est pas si roide qu'il en a l'air, qui est capable de bien des finesses et même de charmantes négligences. »

D'autres ont dit les camps et les batailles, Eviradnus et les Burgraves; d'autres ont répandu leur âme en tous lieux, semblant s'unir à la nature pour monter avec elle vers le maître du monde; ceux-là ont crié aux hommes les souffrances d'un amour déçu, et étalé à tous les regards leur plaie saignante; Sainte-Beuve, tout tranquille en sa maison bien close, entendait la tempête gémir au dehors, et

.... faisait dans l'ombre,
Douce et sombre,
Pour un œil noir, un blanc bonnet,
Un sonnet.

De cette réclusion en soi-même, de ces demi-jours et de ces demi-nuances sont résultés deux graves défauts : l'obscurité fréquente, l'émotion rare. Jamais Sainte-Beuve ne sera regardé comme un poète de premier ordre : l'idée chez lui est trop ténue pour être perceptible à tous; le grand public n'aime pas tant de mystère, la préciosité n'est pas son fait, et il préfère à toutes ces finesses

La chanson de ma mie et du bon roi Henri.

Je crois bien, pour ma part, que ce public a raison.

« Nous apprécions et nous aimons librement, dit quelque part M.

Hippolyte Babou, l'œuvre critique de M. Sainte-Beuve ; cependant elle nous paraît tout-à-fait subordonnée à son œuvre poétique. » Telle n'est pas notre opinion, bien s'en faut. Sainte-Beuve est assurément poète dans le sens très large du mot ; mais nous croyons que chez lui la rime n'a été qu'un accident ; partout, dans ses vers, on sent la critique près d'éclore. Ce raffiné, qui imite ou traduit tour-à-tour Schiller, Ruckert, Uhland, Ovide, Moschus, Sainte-Thérèse, Dante, Coleridge, Bowles, Wordsworth ; qui nous raconte ses lectures, et, dans ses projets de retraite, dans ses courses au fond des bois, n'oublie jamais le volume préféré ; qui écrit les pièces intitulées : *Mes livres, La fontaine de Boileau, Le tombeau de Racine, Sonnet à Ronsard, Après une lecture d'Adolphe* ; qui ressuscite le rondeau, la ballade, et va, dans certaines pièces, jusqu'à reprendre le style de Baïf ou de du Bellay, c'est avant tout une admirable intelligence, mais passive, un juge plutôt qu'un créateur, un gourmet d'art, un éclectique, un infatigable curieux.

Cette curiosité apparaît dans toute sa gloire, quand on parcourt l'œuvre critique de Sainte-Beuve. On est saisi d'étonnement, d'admiration, pourrais-je dire, devant cette galerie d'écrivains de tout genre analysés, consacrés, classés par lui. Joubert, Farcy, Aloïsius Bertrand et combien d'autres sont là, poudreux encore de l'oubli : le critique parle, un rayon brille, toute cette poussière se met à danser, et les figures s'éclairent et se reprennent à vivre. « Qui donc, s'écriait-il dès 1840, au sujet des poètes, s'est plus appliqué que nous à les reconnaître, à les proclamer, à les découvrir, je ne veux pas dire à les inventer parfois? » « Quand il rencontre sur sa route, écrit à son tour Gustave Planche, un poète dont la voix est à peine entendue, il s'applique sans relâche à grossir son auditoire, il construit de ses mains un théâtre, il place lui-même les vases d'airain qui doivent enfler le son et le porter aux oreilles les plus rétives. Puis, quand le peuple s'est assis pour écouter, il épie d'un œil vigilant, sur les figures étonnées, l'inintelligence ou l'inattention, et, comme le chœur de la poésie antique, il moralise la foule et déroule devant elle le sens mystérieux des symboles qu'elle admire sans les comprendre. »

Rien n'est plus vif, plus frais, plus subtil et plus ferme tout ensemble, que ces premières études, où l'on sent courir comme un souffle de jeunesse, où les opinions, purement littéraires, sont dégagées de toute influence mesquine : là, point de politique, pas de

César, pas de Laprade ni de Pontmartin. C'est simplement un homme de goût qui lit et qui juge. N'est-ce pas lui qui a écrit cette phrase sur le poète Gray : « Il me semble qu'on le voit d'ici ce lecteur délicat et sensible, un jour d'été, le store baissé, dans une chambre silencieuse et recueillie. » Tel je me représente Sainte-Beuve lui-même, lecteur délicat s'il en fut, véritable dillettante poétique. Qu'on lui laisse un poète : le voilà riche, et qui s'abandonne aux douceurs de vivre, et qui s'intéresse à la gloire d'autrui autant et plus qu'à sa propre gloire. Boileau avait la haine d'un sot livre ; lui n'a pas tant cette haine que l'amour de tout ce qui est beau ; c'est un homme né heureux ; partout où il passe, le charme le suit. Écoutez ce qu'en pense Lamartine : « Madame Récamier l'adorait ; je le crois bien : même entre Ballanche, Briffaut, le duc de Noailles, M. de Châteaubriand, Ampère, madame de Girardin, gloires familières de son salon, où aurait-elle trouvé un plus fin et plus causeur, pour les commodités ou pour les délices de la conversation ? Combien je regrette cette conversation, le plus inédit et le plus ineffaçable de ses livres ! »

Voilà le mot : causeur ! nous l'avons vu causer dans ses vers ; de même en critique. MM. Villemain, Nisard, Gustave Planche font des discours, professent ou dogmatisent ; Sainte-Beuve cause et s'insinue. Fermez vos portes, calfeutrez-vous, et en tisonnant laissez-le dire ; c'est l'enchanteur du coin de l'âtre.

Auprès de lui, tout s'épanouit, hommes et choses ; tout est sans pompe et façonné au ton du maître. Mais c'est trop peu que cette douce joie soit en lui : il veut encore être entouré d'elle. J'ai sous les yeux un fragment de lettre — de quelque jeune rimeur — qui nous montre cet amour du mystère heureux, ce besoin d'intimité souriante se trahissant aux abords même de la demeure du critique-poète. Qu'on me pardonne la citation :

« Dimanche, il faisait un de ces beaux jours qu'avril amène, un de ces ciels moitié nuages, moitié soleil ; chemins déjà poudreux, arbres noirs encore, quelques bourgeons à peine, et des moineaux piaillant sur les fines branches. Ces jours là, tout Paris se promène, qui au Bois, qui aux Tuileries, qui même à la campagne, (ce sont les impatients ;) je pris un moyen terme, et m'en allai du côté des boulevards extérieurs. Auprès du boulevard Montparnasse, il est une petite rue tranquille et solitaire qu'on appelle la rue du Montparnasse, rue de province, à moitié morte, avec de jolies maisons à deux ou trois étages, par intervalle une porte cochère, à peine quatre croisées ouvertes dans tout le voisinage, mais, en revanche, les commères sur le seuil jasant et curieuses des rares promeneurs qui se hasardent à passer devant leurs portes. Je m'arrêtai là, à une maison coquette, proprette et bien fermée, et je sonnai ; personne ne vint ; je sonnai une seconde fois ; alors tu eusses entendu cette petite maison silencieuse retentir du bruit d'une clochette impatiente : sans-doute le seigneur et maître qui avertissait ses gens que quelqu'un était à la porte. La petite maison s'ouvrit enfin, et une femme parut, — entre deux âges, papillotes, robe de soie, bonnet enrubanné, — la gouvernante, je suppose ; mais, chose étrange pour une gouvernante, la plus souriante physionomie qu'on pût voir. — Bonjour, monsieur, dit-elle en riant. — Pour M. Sainte-Beuve. — Merci, monsieur ; et elle riait encore. Je faillis entrer, tant cette figure gaie et bienveillante me fit penser qu'on accueillait bien les visiteurs dans la petite maison ; mais la porte s'était refermée sur mon paquet. Je te vois singulièrement étonné, mon cher ami. Le nom de Sainte-Beuve t'a fait dresser l'oreille, et tu n'y comprends rien, et tu demandes une explication. — Que diable allait-il faire chez Sainte-Beuve ? — Voilà le *hic*, monseigneur, *hic jacet lepus*. J'allais porter bien timidement quelques vers.... etc. »

Ce rimeur avait lu sans-doute les *Portraits littéraires* et les *Portraits contemporains*, et il allait vers l'auteur, comme les moucherons vers ce qui brille. La réponse du maître fut charmante ; mais ce n'est pas d'elle que je dois parler.

J'ai dit que les premières œuvres critiques de Sainte-Beuve ont toutes les grâces d'une causerie aimable. Il faut signaler dans ses *Nouveaux Lundis* le même bonheur de forme, mais, en même temps, un élément nouveau qui s'introduit et gâte tout : la politique.

« Bossuet, dit notre auteur, était pliant et un peu faible devant les puissances, et il avait bien des égards au monde. » « Je dirais hardiment, écrit-il ailleurs parlant de M. de Pontmartin, qu'il a en littérature des opinions de *position* plus que de *conviction*. » De ces deux phrases changez les termes : mettez le nom de Sainte-Beuve à la place de ceux de M. de Pontmartin et de Bossuet ; vous aurez l'idée exacte qu'un lecteur impartial peut se faire du littérateur où plutôt du politique des *Nouveaux Lundis*. Placé à ce nouveau point de vue, le juge oublie son vrai rôle, n'apprécie plus l'œuvre, mais l'opinion de l'auteur, et, dès l'instant, perd toute influence. C'est ainsi que, dans son étude sur la correspondance de Béranger, il a beau vouloir relever la gloire du poète, nous n'oublions pas que c'est lui-même, lui Sainte-Beuve, qui a jeté jadis la première pierre à l'idole. Et, si nous nous demandons d'où vient ce revirement, qui par bonheur n'entraîne personne, nous trouvons bientôt le mot de l'énigme dans cet aveu, peu littéraire : « Je n'oublierai pas un point capital : Béranger est mort en communion parfaite avec le régime impérial, qu'il n'avait pas appelé, mais qu'il avait certainement préparé. » Je ne fais pas ici de politique, n'en ayant ni le droit ni l'envie ; mais il m'est impossible de ne pas signaler la pente dangereuse où Sainte-Beuve est engagé. Lui qui, en tant de pages, parle de la postérité, croit-il que nos neveux, jugeant à froid les travaux de ce siècle, pourront tenir grand compte d'une critique qu'on voit ainsi tourner à tout vent? Qu'importe, je vous prie, à la gloire poétique du chansonnier cette plus ou moins parfaite *communion* avec le régime actuel? Qu'il ait été orléaniste ou légitimiste, pour la République ou pour l'Empire, est-ce sur cela que les siècles à venir auront à le juger? Parlez-nous du talent de l'écrivain ; laissez en paix les opinions de l'homme. Vous blâmez M. Cuvillier Fleury d'être un politique sous forme littéraire ; ne voyez vous pas que vous suivez, sur un autre bord, la même route que M. Cuvillier Fleury?

Je ne veux pas dire ce qu'il y a de malséant, de profondément blessant pour la dignité humaine dans certains passages des deux articles que l'auteur des *Nouveaux lundis* consacre aux mémoires de de M. Guizot. Ce serait m'exposer peut-être à sortir du cadre de la *Revue*. Je me contenterai de recommander au lecteur les dernières pages du premier acticle ; on y trouvera, entre autres gentillesses, la phrase suivante sur un roi que l'exil et la mort ont dû rendre respectable à tous ceux qui se piquent de quelque délicatesse : « Cette bonne tête ou plutôt *cette bonne caboche*, disait de lui un de ses anciens ministres, *comme si le premier mot était un peu trop noble pour le sujet.* » *Proh pudor !* Le Sainte-Beuve d'autrefois eût senti le mauvais goût et supprimé l'insulte.

Il apparaît encore par éclairs — bien rares il est vrai — ce Sainte-Beuve d'autrefois, avec toute sa tolérance, tout son éclectisme, et ce sont des pages bien gracieuses que celles qui lui échappent encore, lorsqu'il se retrouve lui-même. Lisez ses études sur M. Biot, sur

Apulée, sur les contes de Perrault, tous sujets où la politique n'a que faire : rien de plus vrai ni de mieux trouvé. « En général, dit-il de Rigault, c'est le polémiste en lui qui vaut mieux que le critique. » De Sainte-Beuve il faut dire le contraire. Nous le voyons avec regret aujourd'hui renoncer à peu près absolument à la critique pure. La plupart de ses études présentes n'ont de littéraire que le style, et parfois même, dans celles qu'il sacrifie encore par intervalle à ses anciens dieux, sa position demi-officielle semble lui avoir porté malheur. Habitué qu'il est maintenant à blâmer où à louer presque sur commande, il n'a plus toujours cette sûreté de coup-d'œil qui lui permettait de pénétrer jusqu'au cœur d'une œuvre, d'en démêler subtilement les qualités et les vices. La finesse et la fermeté de son jugement se sont usées à chercher des beautés voulues dans de médiocres ouvrages. Ce connaisseur, qui jadis louait si bien les poètes et savait les faire aimer, en est venu à s'excuser de parler poésie, et ose écrire ces lignes étranges : « Que je ne paraisse point, je vous prie, m'être trop longuement arrêté sur un poème excellent dans certaines parties, imparfait dans son ensemble. Tout a son prix aux yeux de la critique, qui sent l'art comme l'expression *presque directe* de la nature et de la vie. Il est des œuvres qui sont faites pour orner les voies sacrées, les voies triomphales, pour décorer les avenues et les degrés des Panthéons et des Capitoles, pour devenir à leur tour les exemplaires classiques de l'avenir. Ce sont celles-là, je le conçois, que l'on prise avant tout, *et les seules mêmes que l'on appelle et que l'on commande,* quand on est Auguste ou Louis XIV.... » Ce maître exquis, dont le goût sûr nous guidait chez les anciens aussi bien que chez les modernes, chez Théocrite et Méléagre aussi bien que chez Ronsard et Chénier, ne craint pas de consacrer de longues pages d'éloge à un médiocre poème de M. Calemard de Lafayette ; de citer, comme un trait charmant, cette phrase d'Halévy, toute en pointes : « Simart, après avoir été misérable, ne fut plus que pauvre et se trouva riche, » comme si décidément nous étions revenus au temps des précieuses ! — Beaucoup d'anecdotes, peu d'enseignements, trop de polémique, tels, en résumé, nous apparaissent les *Nouveaux Lundis*, lecture amusante, mais beaucoup moins instructive qu'on ne devait l'attendre d'un homme qui a écrit la *Poésie au XVIe siècle,* les *Causeries du Lundi*, l'*Etude sur Virgile.* Sainte-Beuve raconte dans ses *Portraits contemporains* qu'à une certaine époque chacun disait à Alfred de Vigny :

« Faites-nous des *Cinq-Mars !* » — « Et, ajoute-t-il, le chantre d'*Eloa*, de *Moïse*, inclinant son vaste front moite et douloureux, souriait à l'éloge avec une gracieuse amertume. » Nous ne voudrions pas froisser le critique, au cas douteux où ces pages arriveraient jusqu'à lui ; cependant, après avoir lu ses *Nouveaux Lundis*, nous ne saurions trouver mieux que de lui dire : « Faites nous des *Etudes sur Virgile !* »

TABLE DES MATIÈRES.

La Rochelle. — Typ. de A. SIRET.

www.ingramcontent.com/pod-product-compliance
Ingram Content Group UK Ltd.
Pitfield, Milton Keynes, MK11 3LW, UK
UKHW021635260726
13994UKWH00003B/1190

9 782329 429946